Meine Freundin ist ein Werwolf

Moonstruck Mating
Buch Eins

Eve Langlais

Copyright © 2024 Eve Langlais
Englischer Originaltitel: »My Girlfriend is a Werewolf (A Moonstruck Mating Book 1)«
Deutsche Übersetzung: Noëlle-Sophie Niederberger für Daniela Mansfield Translations 2024

Alle Rechte vorbehalten. Dies ist ein Werk der Fiktion. Namen, Darsteller, Orte und Handlung entspringen entweder der Fantasie der Autorin oder werden fiktiv eingesetzt. Jegliche Ähnlichkeit mit tatsächlichen Vorkommnissen, Schauplätzen oder Personen, lebend oder verstorben, ist rein zufällig. Dieses Buch darf ohne die ausdrückliche schriftliche Genehmigung der Autorin weder in seiner Gesamtheit noch in Auszügen auf keinerlei Art mithilfe elektronischer oder mechanischer Mittel vervielfältigt oder weitergegeben werden.

Titelbild entworfen von: Atra Luna's Book Cover and Logo Art © 2024
Herausgegeben von: Eve Langlais / EveLanglais.com

eBook ISBN: 978-1-77384-534-0
Taschenbuch ISBN: 978-1-77384-535-7

KAPITEL EINS

Der Vollmond würde nach dem Abendessen aufgehen, also durfte nicht mehr herumgealbert werden. Athena musste aus ihrem Gefängnis heraus, bevor jemand ihr Geheimnis bestätigte. Sie hatte sich gut gehalten und dem Zorn nicht nachgegeben, als man sie stundenlang mit eiskaltem Wasser abspritzte. Sie hatte kein einziges Mal gebellt, als sie gezwungen wurde, Zeit mit Katzen zu verbringen, oder als etwas in ihre Zelle gebracht wurde. Die Sirenen, die sie spielten, brachten sie in Versuchung zu heulen, aber sie biss sich auf die Zunge.

So zu tun, als sei sie ein normales menschliches Wesen, forderte seinen Tribut, aber sie hatte es bisher geschafft. Gegen die Blut- und

Gewebeproben, die die verschiedenen Techniker entnahmen, konnte Athena jedoch nichts unternehmen. Wenigstens konnte sie sich mit der Tatsache trösten, dass ein paar seltsame Chromosomen nichts zu sagen hatten, wenn es keine Beweise gab, was diese Besonderheit in ihrer DNA bedeutete.

Aber heute Abend würde sie ihr Geheimnis nicht mehr verbergen können.

Eine Woche des Flirtens mit ihrem Nachmittags-Wächter würde sich hoffentlich auszahlen. Sie musste fliehen, bevor sie nach draußen gebracht und dem Mondlicht ausgesetzt wurde – das Einzige, dem sie nicht widerstehen konnte.

Simon, der Diensthabende, kam mit ihrem Essenstablett an, und Athena schenkte ihm ein albernes Lächeln, als er es ihr in die Zelle brachte. Er ermahnte sie nicht mehr täglich, sich in die hinterste Ecke zu stellen. Ihr Trick, ihn zu täuschen, damit er sie für harmlos hielt, schien zu funktionieren.

Als Simon ihre Mahlzeit absetzte, murmelte sie: »Danke. Du kümmerst dich so gut um mich.« Athena klimperte so heftig mit den Wimpern, dass sie fast in die Lüfte stieg.

»Ich mache nur meine Arbeit.« Simon packte seine Hose an den Gürtelschlaufen und blähte die breite Brust auf. Ein dicker Kerl, aber sie hatte sich schon mit größeren angelegt.

»Ich schätze, nach heute Abend werden wir uns nicht mehr sehen, wenn sie merken, dass ich nicht die bin, für die sie mich halten.« Sie zog die Mundwinkel in gespielter Traurigkeit nach unten.

»Du könntest mich anrufen, wenn du entlassen wirst«, bot er an. »Wir könnten zusammen essen gehen und so.«

»Wenn das nur möglich wäre. Nach dem zu urteilen, was ich über diese Einrichtung weiß, habe ich Angst davor, was sie mit mir machen werden.« Sie senkte den Kopf, während sie die melodramatische Jungfrau spielte.

»Ich bin sicher, dass Dr. Rogers nichts Drastisches tun wird. Fehler passieren.«

Natürlich würde Simon den Arzt verteidigen, der sie in die Falle gelockt und die Tests organisiert hatte. Alle in dieser Einrichtung verehrten Dr. Rogers, den Mann, der den ersten Sasquatch gefangen hatte. Der Mann, der die Existenz des Ogopogos bewiesen und die von Nessie mit einer Art Tiefensonartechnik widerlegt hatte. Und jetzt plante Dr. Rogers, Lykanthropen zu offenbaren.

Sie hatte immer noch keine Ahnung, wie er ihre Existenz aufgedeckt hatte. Athena war immer sehr darauf bedacht, nicht gesehen zu werden, wenn sie auf vier Füßen lief.

»Ich hoffe, du hast recht und das ist alles ein großes Missverständnis, aber was ist, wenn dies mein letzter Moment auf der Erde ist?« Sie fasste sich an die Brust. »Was, wenn mein letzter Kuss dieser schlabberige von diesem Betrunkenen in einer Kneipe war? Wenn ich doch nur eine schönere Erinnerung hätte, die ich mitnehmen könnte.«

Simon blinzelte, und sein erbsengroßes Gehirn brauchte eine Sekunde, um zu begreifen, worauf sie anspielte.

»Hm, äh ...« Er warf einen Blick auf die Kamera in der Zelle mit ihrem rot blinkenden Licht.

Irgendjemand beobachtete und lauschte immer. Es kostete sie alles, so langweilig wie möglich zu sein. Auf ihrer Pritsche zu liegen und die Punkte in den Deckenfliesen zu zählen. Ausdruckslos ins Leere zu starren. Wenn sie es nicht mehr aushielt, machte sie Liegestütze oder Hampelmänner, aber nicht so viele, dass es verdächtig aussah.

Sie mussten sich inzwischen fragen, ob sie sich geirrt hatten, denn sie hatte kein einziges Mal in eine Ecke gepinkelt oder aufgeregt mit dem Hintern gewackelt, als ihr Abendessen mit dem Nachtisch kam.

»Es tut mir leid. Ich hätte gar nicht erst fragen

sollen. Ich habe einfach solche Angst! Das ist so ungerecht. Ich habe nichts getan«, rief sie, schnappte sich den Pudding – Schokolade, den mochte sie am liebsten – und warf ihn. Ihre Treffsicherheit erwies sich als gut, denn er traf die Kamera, und die klebrige Leckerei bedeckte die Linse, womit ihr Blick verdeckt und ihre Ohren hoffentlich gedämpft waren. Sie würde nicht lange Zeit haben.

»Oh Scheiße«, murmelte Simon, während er auf die Sauerei starrte.

Sie packte ihn am Hemd. »Schnell, küss mich, bevor sie kommen.«

»Äh ...«

Was für ein Schwachkopf. Musste sie denn alles machen?

Sie drückte ihren Mund auf Simons und lenkte ihn ab, während sie ihm den Notizblock aus der Gesäßtasche zog, auf dem, wie sie wusste, die Türcodes standen, weil Simon sich die vielen Zahlenfolgen nicht merken konnte. Sie hatte sorgfältig ausgekundschaftet, welche der Wachen sie bei ihrer Flucht benutzen konnte, und der Schlichte Simon gewann eindeutig.

Als Simon zu stöhnen begann, stieß sie ihn plötzlich in Richtung der Pritsche. Er prallte mit der Rückseite seiner Beine dagegen und landete hart. Aus Verwirrung bemerkte er nicht sofort, dass sie auf den Flur hinausgegangen war, aber er fing an zu schreien, als sie die Zellentür zuknallte.

Schritt eins, aus ihrem Zimmer herauskommen. Erledigt.

Sie lief den Flur hinauf, ihre nackten Füße klatschten auf die kalten Fliesen. Die nächste Tür hatte ein Tastenfeld. Sie klappte das Notizbuch auf und hätte die schlampige Schrift verfluchen können. Simon hatte mehrere Einträge: Haupt, Hübsches Mädchen, Hässlicher Kerl. Flur 1, Flur 2, Treppe, Hof.

Welchen sollte sie benutzen? Als Flur 1 nicht funktionierte, fluchte sie und tippte schnell Flur 2 ein. Als die Tür klickte und sich öffnen ließ, ging ein Alarm los.

Die Dinge waren im Begriff, brenzlig zu werden. Normalerweise mochte sie das am liebsten.

Im nächsten Flur stand eine Frau im Laborkittel, die ein Tablet trug. Dr. Lanier, die Psychologin, die versucht hatte, Athena dazu zu bringen, ihre pelzige Seite zuzugeben.

Als ob. Athena war von klein auf beigebracht worden, niemals etwas zu sagen. Daddy mochte jetzt weg sein, aber seine Lektionen blieben.

»Was machen Sie außerhalb Ihrer Zelle?«, quietschte Dr. Lanier.

»Ich verlasse diesen Laden. Ich würde ja sagen, dass es schön war, Sie zu kennen, aber das wäre eine

Lüge«, brummte Athena, während sie auf die Frau zustürmte. Lanier unternahm nichts, um sie aufzuhalten, es sei denn, »Hilfe!« zu kreischen zählte.

Die Schulter, mit der Athena die Ärztin zur Seite rammte, war befriedigend. Nicht so befriedigend, wie sie zu beißen, aber Athena hatte keine Zeit für Rache. Die Planung von Vergeltungsmaßnahmen würde später erfolgen.

Falls sie entkam.

Das nächste Tastenfeld entriegelte die Tür, sobald sie den Code für die Treppe eingab. Sie öffnete sich zu einem Treppenhaus und einem Aufzug. Da die Zahlen zeigten, dass dieser nach unten kam, floh sie die Treppe hinauf und stieß mit zwei Soldaten zusammen, die nach unten gingen. Durch ihren Schwung konnte sie gegen ihre Beine prallen und sie zu Fall bringen. Sie setzte ihre Flucht nach oben fort, bevor sie am Treppenabsatz des Erdgeschosses überrascht stehen blieb.

Dr. Rogers stand dort und wartete auf den Aufzug. Zwei bewaffnete Wachen flankierten den hochgewachsenen Mann mit seiner Brille, der Fliege und dem weißen Kittel. Die Wachen richteten ihre Revolver auf Athena.

Dr. Rogers schrie: »Tötet sie nicht. Wir brauchen sie lebend.«

Ein Mann mit einem beeindruckenden

Schnurrbart sagte: »Sollen wir also auf Arme oder Beine zielen?«

Ihr Zögern gab Athena die Chance, die sie brauchte. Sie schlug dem einen die Waffe mit einem Roundhouse-Kick aus der Hand und verpasste dem zweiten Kerl einen Kinnhaken. Als sie vor Überraschung taumelten, streckte sie mit einem linken Haken und einem rechten Cross zwei weitere Wachen nieder. *Danke, Daddy, für die Lektionen und die gesteigerte Kraft.* Athena sah vielleicht nicht so aus, aber sie konnte ordentlich zuschlagen.

Der Doktor sah nicht beeindruckt aus, dass sie seine Wachen ausgeschaltet hatte. »Es gibt kein Entkommen. Selbst wenn du es aus der Einrichtung schaffst, werde ich dich finden.«

»Sie gehen davon aus, dass ich Sie nicht vorher finde«, zwitscherte sie. »Wir sehen uns ...« Sie winkte, als sie durch die Tür in die Eingangshalle schritt. Eine Eingangshalle voller bewaffneter Wachen, die sie schockiert anstarrten.

Als die Pistolen aus den Holstern kamen, rettete der Arzt sie erneut. »Wagt es nicht, diese Waffen zu benutzen. Jemand soll die Betäubungspistolen holen.«

Da es selbst für sie in der Eingangshalle zu viele gab, um sich hindurchzukämpfen, lief Athena in die andere Richtung, und zwar zu der Tür, die zum

Garten führte. Dr. Rogers hatte sie jede Nacht dorthin eskortieren lassen, während der Mond immer voller wurde.

»Garten« erwies sich als eine etwas falsche Bezeichnung. Es handelte sich um eine Betonfläche, die von einem Stacheldrahtzaun umgeben war. Dahinter stand eine Reihe von Bäumen, dick genug, um zufällige Passanten am Spionieren zu hindern. Wären die Menschen in Ottawa nicht überrascht, wenn sie wüssten, dass die Versuchsfarm nicht nur dazu diente, Nutzpflanzen zu testen? Im Kellergeschoss befand sich ein Labor für andere Dinge.

Der Zaun mit seinen scharfen Zacken würde wehtun, aber Athena zog ein wenig Schmerz der Inhaftierung und Enttarnung vor. Um jedoch die beste Chance zu haben, zog sie das Hemd aus, und während des Laufens zerriss sie den dünnen Stoff des Oberteils, um es sich um die Hände zu wickeln. Der Stacheldraht stach trotzdem in ihr Fleisch, aber sie biss die Zähne zusammen und kletterte weiter, während sie den Aufruhr hinter ihr hörte.

Obwohl sie damit rechnete, getroffen zu werden – bei ihrem Glück wahrscheinlich in den Hintern –, klomm sie weiter nach oben.

»Schießt die Pfeile!«, brüllte Dr. Rogers. »Schnell, sie entkommt.«

In der Tat, das tat sie. Die Freiheit winkte, aber

es wurde knapp. Simon war schuld, weil er später als sonst eingetroffen war. Die Dämmerung würde in Kürze einsetzen, was die starke Anziehungskraft des Mondes bedeutete, wenn er am Nachthimmel aufging.

Athena landete mit einem Stöhnen und gebeugten Knien auf der anderen Seite des Zaunes. Gut, dass sie sich geduckt hatte, denn ein Pfeil zischte über ihren Kopf hinweg, nachdem ein Soldat Glück gehabt und durch die diamantförmigen Löcher im Zaun geschossen hatte.

Ihre nackten Füße prallten auf den Boden, als sie loslief und sofort auf den Wald zusteuerte, wo sie die Schatten und Äste nutzen konnte, um ihnen das Zielen zu erschweren.

Während sie sprintete, begann ihre Haut, warnend zu kribbeln. Sie biss die Zähne dagegen zusammen. Noch nicht. Sie musste außer Sichtweite sein, nicht nur von menschlichen, sondern auch von elektronischen Augen.

Als sie die Baumgrenze verließ, wurde sie vom Mondlicht getroffen und konnte sich nicht mehr dagegen wehren. Kein Lykanthrop konnte das. Die Verwandlung kam schnell, kein magischer Übergang vom Menschen zum Wolf, aber auch nicht das heftige Reißen, das Netflix in *Hemlock Grove* darstellte. Es waren eher Sekunden, in denen

Gelenke knackten, die Haut bebte und die Sinne gedämpft waren, bevor sie auf vier Pfoten auf dem Boden aufschlug.

Athena lief. Sie lief schneller als die schreienden Soldaten, die sie verfolgten.

Aber das Problem war, wohin sollte sie gehen?

Nach Hause kam nicht infrage, ebenso wenig wie zu ihren Freunden oder ihrer Familie zu gehen. Sie hatte kein Geld für ein Motel. Was blieb also übrig?

Stunden später hatte sie immer noch keine Ahnung, bis sie den Jogger sah, der angegriffen wurde, und sich dem Kampf anschloss.

KAPITEL ZWEI

Als Derek in seinem Wohnhaus auf den Aufzug wartete, suchte er auf Reddit nach Neuigkeiten. Meistens das ewig Gleiche.
Warum sind die Leute heutzutage so unhöflich?
OMG, die Miete ist unverschämt.
Und dann eine neue Nachricht ...
Weißer Wolf am Rideau Kanal gesichtet. Und das auch noch innerhalb der letzten Stunde.
Er schnaubte. Wahrscheinlich eher ein großer Hund oder ein Kojote. In Ontario gab es Wölfe, aber sie hielten sich meist fern von großen Städten wie Ottawa auf.
Als die Klingel ertönte und die Aufzugstür aufglitt, steckte er sein Handy in die Armbinde, die er beim Joggen trug. Wahrscheinlich hätte er die

Treppe nach unten nehmen sollen, aber beim letzten Mal hatte jemand ins Treppenhaus gepinkelt und er war hineingetreten. Die Schuhe waren im Müll gelandet. Es war eine Sache, auf seine eigenen Schuhe zu pissen, weil er betrunken war und es ihm an Treffsicherheit mangelte, eine andere, im Urin eines anderen zu landen.

Als Derek sein Gebäude verließ, lief er locker los. Herbst, seine Lieblingsjahreszeit. Am Abend wurde es früh dunkel und die Luft war frisch und nicht intensiv wie im Sommer, wenn der Müll stank. Noch besser war, dass weniger Leute auf den Wegen entlang des Flusses unterwegs waren, sodass er joggen konnte, ohne Fußgänger-Ausweichen spielen zu müssen. Andererseits waren um diese Zeit auch nicht viele Leute unterwegs. Er hatte die Nachtschicht gehabt, machte um vier statt um eins Feierabend, weil jemand nicht aufgetaucht war, und war um fünf zu Hause gewesen, weil die öffentlichen Verkehrsmittel mies waren. Trotz der Uhrzeit machte er gern eine kleine Joggingrunde und war dann im Morgengrauen im Bett, damit er am frühen Nachmittag wieder aufstehen konnte, um es noch einmal zu tun. Nicht ideal, aber die Miete musste bezahlt werden.

Vielleicht hätte sein langweiliges Leben ihm nicht so viel ausgemacht, wenn er wenigstens eine Freundin gehabt hätte. Mit seiner letzten hatte es nicht geklappt. Offenbar war nach sechs Monaten Beziehung seine Aussage »Wir sollten zusammenziehen« kontrollierend gewesen. Stacys Antwort war gewesen: »Du erdrückst mich. Ich brauche meinen Freiraum.« Es sei anzumerken, dass sie sich angesichts ihrer unterschiedlichen Arbeitszeiten vielleicht einmal pro Woche sahen. Die ganze Sache mit dem Zusammenleben war seine Art gewesen, mehr Zeit mit ihr zu verbringen, denn sie hatte sich auch beschwert: »Ich sehe dich nie.«

Mit seinen dreiunddreißig Jahren konnte Derek mit Sicherheit sagen, dass er die Frauen nicht verstand, aber das schreckte ihn nicht ab. Wie seine Oma immer sagte: »Irgendwo da draußen gibt es ein Miststück, du kleiner Bastard. Also Kopf hoch, wasch dich und sag auf keinen Fall, dass du Ananas auf Pizza magst.« Denn laut seiner Oma würden die Frauen schreiend davonlaufen, wenn sie das wüssten.

Oma neigte dazu, die Dinge direkt und mit vielen Schimpfwörtern zu sagen. Das machte die Schulkonzerte in seiner Kindheit unterhaltsam, denn Oma hatte kein Problem damit zu schreien: »*Setz dich auf deinen Arsch. Einige von uns wollen etwas anderes sehen als deine talentlose Scheiße.*« Auch amüsant? Ihr Geschimpfe, als die Schiedsrichter sie aus seinen Hockeyspielen warfen, weil sie die gegnerische Mannschaft verhöhnt hatte. Und dann war da noch das Grillen von Dereks potenziellen Freundinnen mit Fragen wie: *»Kannst du kochen, oder ist deine Vorstellung von gutem Essen das Öffnen einer Dose?«* *»Wirst du meinem Enkel treu sein, oder muss ich dich für ein Gespräch in den Holzschuppen bringen?«* Sein Favorit ... *»Wie hast du dich auf die Apokalypse vorbereitet?«* Aus irgendeinem Grund schlug diese Frage einige in die Flucht. Gut so. Derek brauchte niemanden, der seinen Vorrat an Wasser, Ramen-Nudeln und seine Notfalltasche infrage stellte, wenn die Kacke am Dampfen war.

Er hatte noch keine Frau getroffen, die den Oma-Test bestanden hatte, obwohl einige, nachdem sie sie getroffen hatten, meinten, sie könnten verlangen, dass er sie aus seinem Leben ausschloss. Den Teufel würde er tun. *Liebe mich, liebe meine Familie.*

Heavy Metal dröhnte aus seinen Kopfhörern, der schwere Beat war die perfekte Begleitung für das Klatschen seiner Turnschuhe auf dem Pflaster. Die Lichter entlang des Kanals beleuchteten den Weg gut bis zu einem Abschnitt bei einer Bank mit Blick auf das Wasser. Ausgebrannt oder vandalisiert? Wahrscheinlich Letzteres. Seit der Pandemie war die Kriminalität noch schlimmer geworden.

Apropos, als er den dunklen Abschnitt betrat, stellten sich ihm drei Typen mit Gesichtsmasken, dicken Kapuzenpullis und einer selbstgefälligen Ausstrahlung in den Weg.

Derek verlangsamte seinen Lauf und murmelte: »Morgen, Leute.« Denn jetzt, da die Dämmerung hereinbrach, war es nicht mehr Nacht.

»Gib uns deine Sachen.« Der dünnste von ihnen streckte eine Hand aus.

Derek zog eine Augenbraue hoch. »Lieber nicht. Ich hasse es, ein neues Handy einzurichten.«

»Her damit, sonst«, befahl der zweite Kerl und zückte ein Springmesser.

Das führte dazu, dass Derek Typ Nummer drei anstarrte. »Dann lass mal hören. Überlass deinen Kumpeln nicht den ganzen drohenden Ruhm.«

»Äh ...« Kerl Nummer drei hatte anscheinend keinen eigenen Spruch parat.

»Okay Jungs, bringen wir es hinter uns.« Es sollte angemerkt werden, dass Oma ihm nicht nur beigebracht hatte, wie man mächtiger flucht als ein Bierkutscher – und sie konnte ziemlich kreativ werden, wenn es darum ging, Fahrer zu beschimpfen, die ihr verdammt noch mal aus dem Weg gehen sollten. Oma war in viele Kneipenschlägereien verwickelt gewesen, weil sie ihren Whisky so sehr liebte, aber wenn sie ihn mit Bier mischte ... dann war Vorsicht geboten.

Diejenigen, die entsetzt sein könnten, dass er von einer kleinen alten Dame Unterricht im Faustkampf genommen hatte, sollten wissen, dass erstens seine Oma nicht klein war und zweitens noch nie einen Kampf verloren hatte – etwas, worauf Opa stolz war. Opa sah gern zu, wettete sogar und hatte auf diese Weise schon mehr als ein paar ordentliche Summen gewonnen.

»Ich schätze, wir machen das auf die harte Tour.« Der Typ mit dem Messer machte einen Schritt nach vorn, und Derek verdrehte fast die Augen.

»Alter, hat dir denn niemand beigebracht, wie man das Ding benutzt?« Derek streckte eine Hand aus, schlug auf das Handgelenk und schnappte sich die herunterfallende Klinge. »Lass uns das loswerden, bevor du dich schneidest.« Er zog seinen Arm zurück und warf die fadenscheinige Waffe in das fließende Wasser.

Drei überraschte Augenpaare starrten ihn an, bevor Typ Nummer eins blaffte: »Schnappt ihn!«

Drei gegen einen. Sah so aus, als würde er heute Abend ein komplettes Kardio-Training bekommen.

Klasse!

Derek duckte sich unter einem ungeschickten Schlag und traf den Kerl am Zwerchfell, woraufhin dieser sich vornüberbeugte. Dann drehte er sich und verpasste dem Dummen einen Schlag ins Gesicht, der ihn taumeln ließ.

Nummer drei hätte sich umgedreht und wäre weggelaufen, doch ein riesiger weißer Hund mit gesträubtem Nackenfell stellte sich in den Weg und knurrte leise. Das musste der Wolf sein, von dem auf Reddit die Rede war.

Derek ignorierte den Welpen, schnappte sich die Männer, die er geschlagen hatte, und warf sie in den Kanal. Sollte das Wasser ihre Sünden wegspülen. Oder sie ertränken. So oder so, ein Gewinn für die Gesellschaft.

Kerl Nummer drei hatte offenbar selbst ein Messer, und er zog es, um das große Fellknäuel zu bedrohen.

»Geh mir aus dem Weg, Köter.« Dieb Nummer drei fuchtelte mit seiner Klinge herum, und der große Hund sah unbeeindruckt aus.

Derek jedoch nahm Anstoß daran. »Tierquälerei ist nicht cool, Alter. Leg dich mit einem Menschen an.«

Der Typ drehte sich halb um und knurrte: »Verpiss dich, oder ich steche dich auch ab.«

»Hast du denn in den letzten zwei Minuten nichts gelernt?« Mit diesen Worten trat Derek dem Dritten in die Kniekehle, und bevor der Kerl sich erholen konnte, schlug er ihm mit dem Messer in die Hand. *Plopp.* Die Waffe ging baden und ertrank.

»Was soll der Scheiß, Mann?«, jammerte der Kerl.

»Hör gut zu, denn ich werde dir jetzt ein paar wirklich gute Lebensratschläge geben. Erstens, hör auf, hart arbeitende Leute zu beklauen. Ich reiße mir nicht vierzig Stunden pro Woche den Arsch auf, damit ein paar faule Säcke mein Zeug klauen können. Besorg dir einen verdammten Job. Zweitens, drei gegen einen? Nicht cool, Alter. Wenn du dich mit jemandem anlegen willst, dann nur eins gegen eins. Und wirf das Messer weg. Wenn du kämpfen willst, dann tu es wie ein Mann. Drittens, wenn du den harten Kerl spielen willst, kannst du dann wenigstens Unterricht nehmen? Das war erbärmlich. Ich bin nicht mal ins Schwitzen gekommen.«

Derek hätte schwören können, dass der Hund amüsiert aussah, als er den Kopf schief legte. Der Möchtegerndieb war eher verwirrt als alles andere.

»Bist du Bulle?«

Derek erschauderte tatsächlich. »Scheiße, nein. Nur ein ganz normaler Typ, der sich verdammt noch mal nicht von drei Ganoven einschüchtern lässt. Also, ich lasse dir die Wahl. Entweder du springst oder du wirst geworfen.«

»Was?«

»Meine Güte, bist du dumm. Ich gebe unserem öffentlichen Bildungssystem die Schuld.« Derek griff sich den Kerl und zog ihn von den Füßen, bevor er ihn über das Geländer zu seinen Freunden hievte, die sich an die Betonwand des Kanals klammerten und darüber jammerten, dass es kalt war. Er lehnte sich über das Geländer, um ihnen einen letzten Rat zu geben. »Lasst euch nicht mehr blicken.«

Mit diesen Worten wandte er sich an den Hund. »Hey, Hündchen. Hast du dich verlaufen? Hunger?« Er sah kein Halsband.

Der Hund, der eine gute Größe und flauschiges weißes Fell hatte, blickte zum Himmel, der sich aufzuhellen begann, bevor er kläffend davonlief. Wahrscheinlich musste er nach Hause kommen, bevor sein Besitzer sein Verschwinden bemerkte.

Derek drückte auf die Wiedergabetaste seines Handys und setzte seinen Lauf fort, nur um etwa hundert Meter später innezuhalten, als eine nackte Frau hinter einem Baum hervorsprang.

Vor Schreck wäre er beinahe umgefallen. Außerdem musste er die Zunge im Mund behalten, denn heilige heiße Frau!

Platinfarbenes, fast silbrig-weißes Haar, honigfarbene Haut, pfirsichgroße Brüste, schmale Taille, und verdammt, der Teppich passte zu den Vorhängen.

Er starrte sie in seltener Sprachlosigkeit an.

Ihre Lippen bewegten sich, aber er brauchte eine Sekunde, um die Musik auszuschalten und zu murmeln: »Wie bitte?«

»Ich brauche Hilfe. Ich wurde ausgeraubt.«

Also keine Drogensüchtige inmitten eines Anfalls. Bei denen musste man aufpassen. Es gab nichts Schlimmeres, als von einer nackten Frau mit einem Messer bedrängt zu werden, die schrie, sie sammle Schwänze. Und, ja, das war passiert. Oma hatte ihm die Hölle heißgemacht, als sie herausfand, dass er geflohen war. »*Warum hast du sie nicht außer Gefecht gesetzt?*« »*Weil ich keine Anklage wegen sexueller Nötigung in meinem Lebenslauf haben wollte.*« Heutzutage kamen Anstifter irgendwie damit davon, Opfer zu sein.

»Soll ich die Polizei und einen Krankenwagen rufen?«, fragte Derek die Frau. Als er den Notruf wählen wollte, rief sie: »Oh Scheiße, nein. Ich muss nicht zig Fragen beantworten oder mich von Sanitätern befummeln lassen. Mir geht's gut. Ich bin nur nackt.«

Eine Erinnerung, die ihn dazu brachte, sein langärmeliges Hemd auszuziehen. »Hier, nehmen Sie das. Tut mir leid, es ist ein bisschen verschwitzt von meiner Laufrunde.«

Es schien sie nicht zu stören, als sie es sich über

den Kopf streifte und diese üppigen Kurven verdeckte.

Mmmh.

Und was zum Teufel war los mit ihm? Diese Frau war angegriffen worden. Er sollte sie überhaupt nicht lüstern anstarren. Wenn Oma hier wäre, hätte sie ihm sicher eine verpasst.

»Danke«, murmelte die schöne Frau.

»Kann ich jemanden für Sie anrufen?«

Sie schüttelte den Kopf. »Nein.«

»Brauchen Sie eine Mitfahrgelegenheit? Ich kann ein Taxi rufen und Sie zu Hause absetzen lassen.«

Sie kaute mit den Zähnen auf der Unterlippe, bevor sie zugab: »Ich erinnere mich nicht, wo ich wohne.«

»Sie haben Amnesie?« Er konnte sich den ungläubigen Tonfall nicht verkneifen.

»Scheint so.« Sie zuckte mit den Schultern.

»Sie sollten wirklich in ein Krankenhaus gehen, wenn Sie einen Schlag auf den Kopf bekommen haben.«

»Keine Ärzte«, sagte sie finster. »Ich bin eher hungrig als verletzt.«

Nicht die Antwort, die er erwartet hatte. »Soll ich Ihnen etwas zu essen kaufen?«

»Kommt drauf an. Kennen Sie einen Laden, der um diese Zeit Steaks macht?« Ein flüchtiges Lächeln umspielte ihre perfekten Lippen.

»Nicht hier in der Gegend.«

»Schade. Ein gutes Steak, kaum angesengt, bringt immer alles in Ordnung.«

Eine Frau ganz nach seinem Geschmack. »Nun, ich sollte wohl gehen, es sei denn, Sie haben Ihre Meinung darüber geändert, dass ich ein Taxi rufen soll.«

»Kann ich nicht einfach mit Ihnen nach Hause gehen? Ich brauche nur für ein oder zwei Tage einen Platz, wo ich schlafen kann.«

Und da kam die Gaunerei. Derek schürzte die Lippen. »Hören Sie, Lady, solche Maschen mache ich nicht mit, und bevor Sie es leugnen, ich weiß, wie das funktioniert. Ich nehme Sie mit in meine Wohnung. Als Nächstes taucht irgendein Gorilla auf und behauptet, Ihr Freund zu sein. Er verprügelt mich, und Sie rauben mich aus.«

Ihr stand der Mund offen. »Passiert so etwas wirklich?«

»Mir nicht, aber ich habe auf Reddit darüber gelesen.«

»Also ist das ein Nein zu einem Ort, an dem ich für ein paar Tage schlafen kann?«

»Sie werden ihre Amnesie-Masche wohl bei jemand anderem versuchen müssen.«

Sie seufzte. »Verdammte Scheiße. Wie Sie

vielleicht schon vermutet haben, habe ich keine Amnesie, aber ich kann nicht nach Hause gehen. Es ist nicht sicher.«

»Warum sagen Sie das dann nicht gleich?« Derek verschränkte die Arme und warf ihr einen strengen Blick zu.

»Weil ich nicht nach einem Helden suche. Nur einen Ort, an dem ich abhängen kann, während ich mir etwas einfallen lasse.«

»Es gibt Unterkünfte, wissen Sie.«

»Der zweite Ort, an dem sie suchen werden«, murmelte sie.

»Was ist der erste?«

»Meine Wohnung.«

Ihre Antwort ließ ihn die Stirn runzeln. »Wer sucht nach Ihnen?«

»Ein paar üble Typen. Ich muss eine Weile untertauchen, bis ich weiß, dass es sicher ist, und bevor Sie fragen, ich habe kein Geld für ein Motel. Ich kann weder Familie noch meine Freunde kontaktieren, nicht wenn ich sie in Sicherheit wissen will. Was für ein verdammtes Scheißdurcheinander.«

Sieh nur, wie sie Omas Lieblingswort benutzte. Derek hatte zwar den Eindruck, dass die nackte Frau nicht die ganze Wahrheit sagte, aber er empfand sie nicht als gefährlich. Im Gegenteil, er war fasziniert, und es war nicht so, als könnte er nicht auf sich selbst aufpassen. Wenn ein Schläger auftauchte, würde er ihm eine Lektion erteilen, was mit Abschaum passierte, der gute Samariter ausnutzte.

»Wissen Sie was, Sie können ein paar Tage bei mir bleiben, aber ich warne Sie – ich habe nur ein Bett, und das gehört mir.« Denn seine Ritterlichkeit hatte Grenzen. »Sie können aber gern auf der Couch schlafen.«

»Die Couch ist in Ordnung. Ich habe schon auf Schlimmerem geschlafen.«

»Dann folgen Sie mir.«

Als sie zu gehen begannen, fragte er: »Wie heißen Sie?«

»Athena.«

»Wie die Göttin?«

»Ja. Meine Mutter liebte die griechischen Götter. Ich bin Athena, und ich habe einen Bruder namens Ares und eine Schwester namens Selene.«

»Ich heiße Derek, nach meinem Opa. Wir können gern Du sagen.« Müßiges Geplauder, irgendwie unpassend, wenn man bedachte, dass er mit einer fast nackten scharfen Braut unterwegs war. Er bemerkte ihre nackten Füße. »Soll ich dich tragen?«

»Wozu denn? Meine Beine funktionieren.«

»Weil du keine Schuhe hast und ich nicht will, dass du deine Füße verletzt oder so.«

Sie schaute auf ihre Zehen. »Pah. Mir geht's gut.«

Hartes Mädchen. Die meisten Bräute wären hysterisch geworden, nachdem sie ausgeraubt worden waren. Oder ... »Warte, wurdest du wirklich ausgeraubt?«

»Nicht wirklich. Eher entführt und gefangen gehalten.«

»Von wem?«

»Von ein paar sehr nervigen Leuten«, brummte sie. »Als sich die Chance zur Flucht bot, hatte ich keine Zeit mehr, mich anzuziehen. Ich schätze, ich hatte Glück, dass die erste Person, der ich begegnete, kein Vergewaltiger war.«

»Scheiß auf diese Perversen. Oma sagt, die einzige Möglichkeit, einen Vergewaltiger zu heilen, besteht darin, ihm den Schwanz abzuschneiden und ihm damit das Maul zu stopfen.«

Ein kurzes Lachen kam aus ihr heraus. »Ich mag deine Oma jetzt schon.«

»Du wärst eine von wenigen«, gab er reumütig zu. »Sie schreckt die meisten Leute ab.«

»Dich nicht?«, fragte sie.

»Nein. Sie ist großartig. Ich hoffe, dass ich eines Tages nur halb so taff bin wie sie.«

Sie erreichten sein Wohnhaus, ein hässliches Ding aus den Siebzigern. Roter Backstein ohne jeden Charakter. Er schloss auf und hielt ihr die

Tür auf, damit sie die Eingangshalle betreten konnte. Sie legte den Kopf schief und schniefte, bevor sie sagte: »Gibt es in dieser Stadt ein Gebäude, wo keine Pisse im Treppenhaus ist?«

Sie konnte es in der Eingangshalle riechen? Vielleicht war es an der Zeit, den Hausmeister zu bitten, das Treppenhaus wieder zu bleichen. »Ja, es wird an vielen Orten schlimm. Wenigstens ist die Miete nicht so horrend.«

»Oh, du musst dich nicht entschuldigen. Ich weise nur auf eine Tatsache hin. In meinem Wohnhaus gab es eine Zeit lang das gleiche Problem.«

»Wie hast du es gelöst?«

»Der Pisser stürzte unglücklich die Treppe hinunter und landete mit dem Gesicht voran darin.«

Er konnte sich ein Lachen nicht verkneifen. »Meinst du mit unglücklich, dass er gestoßen wurde?«

»Also, Derek, sehe ich aus wie ein Mädchen, das sich die Hände schmutzig macht?«, erwiderte Athena, bevor sie zwinkerte.

Er lachte weiter, als sie den Aufzug betraten. »Es ist irgendwie erfrischend, jemanden zu treffen, der sich keinen Blödsinn gefallen lässt. Obwohl ich mich fragen muss, wie du in eine schlimme Situation geraten bist.«

»Indem ich nicht aufgepasst habe.« Sie lehnte sich an die Wand des Fahrstuhls, während dieser hochfuhr. »Und bevor du fragst, ich habe die Leute, die mich geschnappt haben, vorher nie getroffen. Ich weiß nur, dass ich anscheinend einige bestimmte Kriterien erfüllt habe.«

Angesichts ihres Aussehens konnte er nur zu einem Schluss kommen. Sexhandel. Verdammt. Das bedeutete, kein Flirten seinerseits, kein anzügliches Grinsen, nichts. Derek wollte ihr Trauma nicht vergrößern.

»Glaubst du, sie werden nach dir suchen?«

»Wahrscheinlich.« Sie zögerte, bevor sie hinzufügte: »Mach dir keine Sorgen. Ich werde weg sein, bevor sie herausfinden, wo ich bin.«

Sie sagte immer wieder »sie«. Also mehr als eine Person.

»Selbst wenn sie auftauchen, ich habe keine Angst«, erklärte er schnell. »Ich frage mich eher, ob ich mehr auf der Hut sein muss als sonst.«

»Du solltest schon klarkommen. Ich bin es, hinter der sie her sind.«

»Kann ich dir irgendwie helfen, sie dir vom Hals zu schaffen?«, bot er an, denn seine Großmutter hatte ihn dazu erzogen, ein Gentleman zu sein, der Menschen in Not half. Und er hasste Abschaum. Wenn Selbstjustiz nicht härter bestraft würde als echte Verbrecher, hätte er schon längst angefangen, die Stadt aufzuräumen.

»Du hast schon genug getan, indem du mir für ein paar Tage einen Platz zum Schlafen gibst. Danke.«

»Kein Problem.«

Damit kamen sie in seiner Wohnung an. Sie erklärte die Couch für perfekt, und dann versuchte Derek entgegen seiner früheren Behauptung, darauf zu bestehen, dass sie das Bett nahm, weil er plötzlich ein schlechtes Gewissen hatte, sie auf dieses klumpige Ding zu setzen. Sie lehnte ab.

Er hätte noch länger kämpfen können, aber er brauchte Schlaf vor seiner Schicht heute Abend. Er holte ein paar Reste aus dem Kühlschrank, einen Eimer mit frittiertem Hähnchen und einen weiteren mit Hähnchenflügeln, die sie schweigend verschlangen – es sei denn, ihr Starren bedeutete etwas. Nach dem Essen sagte er Gute Nacht und hoffte, dass er nicht in einer Wohnung aufwachen würde, die all seiner Wertsachen beraubt war. Er wäre stinksauer, wenn sie ihm seine Sammleredition der Xbox wegnehmen würde.

KAPITEL DREI

Athena lag auf der Couch und hörte zu, wie Derek tatsächlich ins Bett ging und schlief. Er schlief mit leichtem Schnarchen, obwohl eine Fremde in seiner Wohnung war. War er verrückt? Andererseits hatte sie ihn auf dem Weg am Kanal in Aktion gesehen. Der Kerl konnte auf sich aufpassen.

Als sie ihn mit den drei Schlägern konfrontiert gesehen hatte, hatte sie zunächst erwartet, dass er verprügelt würde. Ihr Plan war es gewesen, sich sein Schlüsselbund zu schnappen, seine Adresse herauszufinden, indem sie den Schlägern seine Brieftasche klaute – zusammen mit einem Hemd, da die Morgendämmerung nicht mehr weit war –, und dann zu seiner Wohnung zu gehen, um sich ein paar Stunden auszuruhen, während er im Krankenhaus verarztet wurde, was in diesen Tagen mehr als acht, manchmal sogar mehr als vierundzwanzig Stunden dauerte.

Nur scheiterte dieser Plan, bevor er überhaupt begonnen hatte, denn Derek entwaffnete die Möchtegerndiebe, aber nicht auf gewaltsame Weise. Er schalt sie buchstäblich, anstatt sie zu verprügeln. Er war viel netter als sie. Sie stellte seine nette Art sogar auf die Probe, indem sie nackt auftauchte und ihn um Hilfe bat. Hätte er sich in ein Schwein verwandelt, hätte sie ihm den Arsch versohlt und sich an ihren ursprünglichen Plan gehalten, aber er hatte sich als Gentleman erwiesen, indem er ihr sein Hemd anbot, Vorsicht walten ließ, als sie ihn um einen Schlafplatz bat, und dann tatsächlich ein netter Kerl war, indem er ihr sein Bett anbot und ihr, als sie ablehnte, ein sauberes T-Shirt, Boxershorts und eine Decke mit Kissen gab.

Er hatte kein einziges Mal versucht, sie zu begrapschen. Er behielt den Blick auf ihr Gesicht gerichtet und machte kein einziges Mal irgendeine sexuelle Anspielung. Sie hätte gedacht, dass er auf Männer stand, wenn sie nicht gesehen hätte, wie sein Gesichtsausdruck sich aufhellte, als er sie zum ersten Mal gesehen hatte.

Wenigstens konnte sie jetzt aufhören zu fliehen und sich ein wenig ausruhen. Sie hatte die Nacht damit verbracht, durch die Stadt zu laufen, jede Spur zu verwischen, die sie hinterließ, und hoffentlich jeden abzuschütteln, der ihr folgen wollte. Sie hatte kein einziges Mal daran gedacht, in ihrer Wohnung vorbeizuschauen, weil Dr. Rogers sie wahrscheinlich seit ihrer Flucht überwachen ließ. Arschloch.

Sobald sie ein Telefon in die Finger bekam, musste sie sich mit ihrer Familie in Verbindung setzen, die sich wahrscheinlich Sorgen machte. In der Regel sprach sie mehrmals pro Woche mit ihnen. Vorausgesetzt Rogers hatte sie nicht in Gewahrsam genommen und hielt sie an einem anderen Ort fest, was angesichts seiner ausgeklügelten Laboreinrichtung unwahrscheinlich war. Gut, dass sie etwa eine Stunde westlich der Stadt wohnten. Das hatte sie vielleicht geschützt, zumindest solange Rogers noch versuchte, ihre Lykanthropie festzustellen.

Sie konnte nicht sicher sein, ob ihr Wolf auf der Flucht entdeckt worden war. In jedem Fall musste ihre Familie gewarnt werden, aber sie konnte Dereks Telefon nicht benutzen. Wenn Rogers ihre Familie bereits überwachte, würde er es zurückverfolgen, sobald sie anrief. Sie musste sich ein Wegwerftelefon besorgen und ihren Anruf über ein VPN laufen lassen, um den Anschein zu erwecken, dass sie woanders war.

Woher sie das Geld für den Kauf nehmen sollte ...

Anstatt ihren Gastgeber zu bestehlen, bereitete sie sich darauf vor, ihm ein Geschäft anzubieten, wenn er aufwachte. Um dreizehn Uhr kam der gähnende Derek aus dem Schlafzimmer. Er trug eine tief sitzende Trainingshose und ein figurbetontes verblichenes T-Shirt und hatte zerzaustes Haar. Er winkte, als er an der Couch vorbeikam, und murmelte: »Guten Tag.«

Die bereits wache Athena hörte sich leise die Nachrichten an. Sie drehte sich um und sah, wie er in der kleinen Küche einen Kaffee zubereitete.

»Dir auch einen guten Tag. Hast du gut geschlafen?«, fragte sie.

»Wie eine Katze.«

Sie blinzelte. »Heißt es nicht Baby?«

»Oma sagt, das sei das Dümmste, was es gibt, weil sie die meiste Zeit beschissen schlafen. Aber Katzen wissen, wie man guten Schlaf bekommt«, bot er grinsend an. Er hielt eine Tasse hoch. »Ein wenig Koffein?«

»Ja bitte.«

Er holte auch eine Schachtel mit Müsli und Milch sowie zwei Schüsseln heraus und stellte sie auf seinen kleinen Küchentisch.

»Ich muss gegen drei zur Arbeit. Brauchst du etwas, bevor ich gehe? Du kannst dir gern die

Kleidung in meinem Schrank oder die Lebensmittel in der Küche nehmen.«

Sie zögerte, bevor sie sagte: »Ich brauche hundert Dollar.«

»Okay.« Er sagte nichts weiter, also fügte sie hinzu: »Ich werde sie dir zurückzahlen, sobald ich kann.«

Er warf ihr einen Blick zu. »Ich nehme an, es ist nicht für Drogen.«

»Auf keinen Fall. Ich will mir ein Prepaidhandy holen.«

»Du kannst dir meins leihen.«

»Ich würde etwas Anonymes vorziehen.«

Er zog eine Augenbraue hoch. »Bist du eine Spionin, die von der Regierung verfolgt wird?«

»Und wenn ich es wäre?«

Seine Mundwinkel zuckten. »Solange du nicht versuchst, Kanada zu stürzen, ist es in Ordnung.«

Sie konnte sich ein Lachen nicht verkneifen. »Ich verspreche, dass es nichts derart Ruchloses ist. Aber ich wäre gern vorsichtig, damit die Arschlöcher, die mich entführt haben, nicht wissen, wo ich bin.«

Seine Miene verfinsterte sich. »Wie schwer haben sie dich verletzt?«

»Nichts, womit ich nicht fertiggeworden wäre. Mehr als alles andere bin ich wütend über die Situation.«

»Wurdest du zum Sexhandel entführt?« Seine Frage klang zögernd.

Die Frage ließ ihr den Mund offen stehen. »Nein, obwohl ich verstehen kann, warum du das denkst, angesichts meines eklatant leicht bekleideten Zustands.«

Wieder ertönte sein tiefes Bariton-Lachen, das ihr einen Schauer über den Rücken jagte. »Wer zum Teufel sagt denn eklatant in einer Unterhaltung?«

»Ein Mädchen, dessen Mutter ihr einen Kalender kaufte, in dem für jeden Tag des Jahres ein neues Wort stand.«

»Mein Kalender hatte halb nackte Mädchen, weil Opa sagte, das seien die einzig akzeptablen Kalender für einen Jungen.«

»Und deine Oma war damit einverstanden?«

»Oma war diejenige, die ihn gekauft hat.«

Jetzt war es an ihr zu lachen. »Ich würde sie gern kennenlernen.«

»Bist du sicher, dass du dir nicht den Kopf gestoßen hast?«, fragte er.

Das Kichern war so untypisch für sie, und doch ... überraschte dieser Mann sie immer wieder. »Meine Familie ist auch ein bisschen seltsam.« Eine Untertreibung. Selene, ebenfalls ein Wolf, züchtete Kaninchen. Sie liebte sie zu Tode. Buchstäblich. Jeden Vollmond ließ sie ein paar zum

Spaß frei und verkaufte andere an Restaurants. Athenas Bruder Ares hatte eine Vorliebe für Käse. Er stellte ihn nach handwerklicher Art aus Ziegenmilch her. Im Gegensatz zu Selene fraß sein Wolf jedoch nicht die Tiere, die er züchtete. Er zog es vor, die Kojoten zu jagen, die die Familienfarm belästigten. Ihre Mutter schien im Vergleich dazu ganz normal zu sein, denn sie verkaufte Honig und Pasteten.

»Ihr Kaffee, Mylady.« Derek reichte ihr eine Tasse mit dampfendem Kaffee und setzte sich, um sein Müsli zu essen. Sie schloss sich ihm an und betrachtete ihn über den Rand ihrer Tasse hinweg.

»Na los, frag nur«, murmelte er mit vollem Mund.

»Was fragen?«

»Das, was sich in deinem intensiven Blick zusammenbraut.«

»Du bist furchtbar nett, wenn man bedenkt, dass du nichts über mich weißt.«

»Du warst eine nackte Frau, die um Hilfe gebeten hat. Nur ein Arschloch wäre weggegangen.«

»Bist du denn gar nicht neugierig auf mich und meine Situation?«

Er musterte sie. »Würdest du mir die Wahrheit sagen, wenn ich dich frage?«

»Ich kann nicht.«

»Dann hat es keinen Sinn herumzustochern.«

»Wie alt bist du?«, fragte sie.

»Dreiunddreißig. Du?«

»Neunundzwanzig.«

»Ich dachte, du seist jünger«, antwortete er, während er mehr Müsli löffelte.

»Bist du Single?« Sie hatte weder eine Frau in seiner Wohnung gesehen noch eine gerochen. »Ich frage mich nur, ob mich jemand anschreien wird, wenn er mich hier antrifft.«

»Ich gehe mit niemandem aus, aber nicht absichtlich. Ich warte immer noch darauf, dass die richtige Tussi vorbeikommt.«

»Wenn du sie Tussi nennst, bleibt sie vielleicht nicht.«

Er lehnte sich in seinem Sessel zurück, der knarrte. Die zusammengewürfelte Garnitur schien in den letzten Zügen zu liegen. »Ich stamme aus einer Familie ohne Filter, die nichts von diesem modernen Woke-Scheiß macht. Das bedeutet, dass jeder, mit dem ich zusammenkomme, damit klarkommen muss, dass ich Wörter wie Mist, Scheiße, Alter und Tussi benutze. Ich meine, meine Oma nennt mich den kleinen Bastard, weil meine Eltern nie geheiratet haben, und bevor du beleidigt bist, sie liebt mich. Ich bin ihr Liebling, also ist es eher ein Kosewort.«

»Na gut. Ich verstehe, dass du du selbst sein

willst, und deine Familie ist dir offensichtlich wichtig.«

»Sehr. Also liebe mich, liebe meine fluchende Oma und meinen Zigaretten rauchenden Opa.«

»Und deine Eltern?«

»Bethany verließ uns, als ich noch ein Kind war. Sie war nicht für das Leben einer Mutter geschaffen. Mein Vater ist immer noch da. Er arbeitet auf dem Bau.«

»Was ist mit dir?«

»Freiwilliger Feuerwehrmann und ansonsten Lagerarbeiter.«

Nun, das erklärte die Muskeln. »Du kannst also gut mit dem Schlauch umgehen und mit Kisten hantieren.« Sie sagte es trocken, und er verschluckte sich an seinem Kaffee.

Sie lächelte, als sie an ihrem nippte.

Er wischte die Sauerei auf und sah sie an. »Das war unanständig.«

»Wer, ich?«, erwiderte sie unschuldig mit einem teuflischen Lächeln.

Belustigung umspielte seine Lippen. »Du bist vielleicht eine.«

»Sagt der Typ mit dem interessanten Designgeschmack.«

»Das kann ich nicht für mich beanspruchen. Die Wohnung war komplett möbliert. Ich bin im Grunde nur mit meinen Klamotten eingezogen.«

»Praktisch. Wohnst du schon lange hier?«

Er schüttelte den Kopf. »Ein paar Monate. Oma hat mir gesagt, ich soll meinen Arsch aus ihrem Haus bewegen. Sie sagte, ich bräuchte ein soziales Leben außerhalb der Farm.«

»Aus demselben Grund bin ich auch bei uns ausgezogen. Nur bin ich nicht so gut darin, Freundschaften zu schließen. Manchmal vermisse ich das Chaos, die Familie ständig um mich zu haben. Obwohl ich ihnen gegenüber nie zugeben würde, dass ich einsam bin.«

»Ich verstehe dich.« Schweigen trat ein, bevor er sagte: »Ich muss vor der Arbeit duschen, weil ich es nach dem Joggen ausgelassen habe. Brauchst du zuerst das Bad?«

»Geh nur.«

Er stand auf, aber bevor er sich auf den Weg zu seinem einzigen Waschraum machte, nahm er noch etwas Geld aus der Keksdose auf seinem Tresen. »Hier sind zweihundert, falls du mehr für das Telefon und andere Dinge brauchst. Hier ist noch mehr, falls es nötig ist. Ich fürchte allerdings, ich habe hier keine Frauensachen wie Tampons und so was.«

Diesmal verschluckte sie sich fast. Die meisten Männer benutzten nie das T-Wort. »Du bist zu nett.«

»Das sollte ich besser sein, sonst versohlt Oma

mir den Hintern.« Er zwinkerte ihr zu und ging duschen, während sie über dieses Rätsel von einem Mann nachdachte. Sie war bereit gewesen, ihm einen Blowjob gegen Geld anzubieten, und er hatte es ihr einfach zugeworfen.

Sie würde ihm das Geld zurückzahlen, sobald sie Rogers dazu gebracht hatte, sie nicht mehr zu jagen.

Unruhig schlenderte Athena durch seinen Wohnraum und inspizierte ihn gründlicher. Er duschte schneller als erwartet. Falls er es seltsam fand, dass sie mit dem Hintern nach oben und dem Gesicht auf dem Boden unter der Couch war, wo man viel über eine Person erfahren konnte, sagte er nichts.

Sie tauchte auf und sagte: »Nette Waffe hast du da drunter.«

»Oma hat sie mir besorgt«, sagte er, nicht im Geringsten verblüfft über ihre Schnüffelei. »Ich fahre jetzt zur Arbeit. Auf dem Regal neben der Tür liegt ein Ersatzschlüssel für Wohnung und Eingangshalle.«

»Wann kommst du nach Hause?«

»So gegen zwei, wenn fehlende Kollegen und der Bus mir keinen Strich durch die Rechnung machen.«

»Hab einen schönen Tag, Schatz«, zwitscherte sie.

Er schnaubte. »Du auch, Süße.«

Sie grinste und schüttelte den Kopf, als er ging.

Er ließ sie allein in seiner Wohnung.

Der Grad des Vertrauens verwirrte sie. Andererseits kam ihr bei ihrer Erziehung alles verdächtig vor. Die Nachbarn klopften an, um Hallo zu sagen, und Mom nahm an, dass sie neugierig waren. Ein Wagen fuhr ihre Landstraße entlang, und es musste jemand sein, der sie beobachtete. Zu Moms Verteidigung sei gesagt, dass sie sich Sorgen um ihre Kinder machte. Alle drei waren Lykanthropen. Genau wie ihr Vater, ein Mann, der in seinen besten Jahren gestorben war, weil jemand ihn erschossen hatte, als er bei Vollmond unterwegs war.

Anders als in den Legenden kam die ganze Werwolf-Sache nicht durch einen Biss oder einen Virus zustande. Nach dem zu urteilen, was Athena herausgefunden hatte, war es genetisch bedingt, man wurde also entweder damit geboren oder nicht. Und manchmal übersprang es ein Kind. Dads Bruder hatte es nie bekommen, aber seine Schwester schon.

Mit dem Gedanken an ihre Familie machte sie sich fertig. Eine Dusche war willkommen, ebenso wie das Zähneputzen mit Finger und Zahnpasta. Das zögerte es hinaus, aber andererseits würden ein paar Minuten mehr keinen Unterschied machen, denn es war Wochen her, dass sie mit ihnen gesprochen hatte. Gott allein wusste, was sie dachten.

Dereks Kleidung war ihr zu groß, was ihre Figur verbarg. Die Schirmmütze versteckte ihr Haar, und seine Sonnenbrille verdeckte ihr Gesicht. Ottawa verfügte zwar nicht über ein Überwachungsnetz wie Großbritannien, aber es gab genügend Kameras, die sie beobachteten, sodass sie befürchtete, Rogers mit seinen riesigen Ressourcen könnte sie trotzdem aufspüren. Sie hatte eine Sendung gesehen, in der gezeigt wurde, wie man Überwachungskameras anzapfen und mit einem Computerprogramm nach bestimmten Gesichtern suchen konnte.

Es dauerte ein paar Blocks – und häufige Blicke über eine Schulter, ob jemand sie übermäßig lange anstarrte –, bis sie einen Laden mit Prepaidtelefonen gefunden hatte. Auf dem Rückweg zur Wohnung, bei dem es ihr ständig im Nacken kribbelte, obwohl niemand sie zu beachten schien, kaufte sie bei der Heilsarmee ein paar Kleidungsstücke und dann in einer Drogerie eine Zahnbürste und andere notwendige Dinge. Als sie schnellen Schrittes zu Dereks Wohnung zurückkehrte, da sie sich exponiert fühlte, hatte sie noch drei Dollar und elf Cent übrig.

Sie warf es in seine Keksdose und notierte

daneben, wie viel sie ihm schuldete. Eine McMurray, genau wie ein Lannister, bezahlte immer ihre Schulden.

Während sie auf einem gebutterten und getoasteten Bagel kaute, machte sie das Prepaidhandy bereit und lud eine App herunter, mit der sie telefonieren und ihren Standort festlegen konnte, wo immer sie wollte. Sie wählte Montreal. Wenn Rogers das Telefon ihrer Familie überwachte, würde er denken, dass sie aus der Provinz geflohen war.

Sie musste ein paarmal tief durchatmen, bevor sie ihre Mutter anrief.

»Hallo, hier ist *Beatrice' Honigbienen-Emporium*, was kann ich für Sie tun?«, zwitscherte ihre Mutter.

»Hey, Mom.«

Totenstille.

»Mom?«

»OHMEINGOTT!«, heulte Mom. »Ich dachte, du seist tot!«

»Bin ich nicht, aber ich könnte taub sein«, murmelte Athena, während sie das Telefon von ihrem Ohr nahm.

»Wo warst du? Warum hast du nicht angerufen?«, kreischte Mom weiter.

»Ich wurde irgendwie von einem bösen Arzt entführt, der überzeugt war, dass mit mir etwas nicht stimmt.« Eine umständliche, aber auch treffende Art zu erzählen, was passiert war. Wenn jemand zuhörte, würde sie nichts verraten, aber Mom würde es verstehen.

Die tiefe Stille endete, als ihre Mutter flüsterte: »Scheiße.« Für eine Frau, die nie fluchte, zeigte das nur, wie sehr die Nachricht sie traf.

»Geht es Selene und Ares gut?« Athena schloss die Augen, als sie auf eine Antwort wartete.

»Ja, aber Ares sagt, dass jemand während der letzten Wochen unser Haus beobachtet hat.«

Das Blut in Athenas Adern wurde kalt. »Bitte sag mir, dass sie vorsichtig waren.« Ihre beiden Geschwister liebten es, sich zu verwandeln und im Mondlicht zu laufen.

»Sie haben das Haus kaum verlassen, seit du verschwunden bist. Ich konnte sie gerade noch davon abhalten, in die Stadt zu fahren und dich zu suchen. Gut, dass Barbara June uns gesagt hat, dass es dir gut geht.« Barbara June, ihre engste Nachbarin und eine Art Hellseherin. Sie verdiente ihr Geld damit, die Zukunft der Menschen zu lesen, und war eine der wenigen, die ihr Geheimnis kannten. Sie wusste es, weil die Geister es ihr sagten. »Wo bist du? Ist es sicher?«

»Im Moment geht es mir gut. Ich wohne bei einem Freund.«

»Wann kommst du nach Hause?«

Sie schloss die Augen und seufzte. »Ich weiß es nicht.« Ungesagt: Es wäre zu gefährlich.

»Ich vermisse dich, Kleines.«

»Du fehlst mir auch, Mom.« Ihr schnürte sich die Kehle zu. Sie musste ihre Familie beschützen. Besonders jetzt. Würde Rogers, nachdem er Athena verloren hatte, als Nächstes hinter ihnen her sein? »Macht ihr immer noch diesen Ausflug zu Onkel George?«

Sie hatten keinen Onkel George, aber die Anspielung wirkte wie ein Hinweis, und Mom verstand es.

»Nun, wir wollten auf dich warten. Du weißt, dass er euch Kinder gern sieht.«

»Ich kann im Moment nicht weg, aber grüß ihn von mir.«

»Mach ich, Kleines. Ich liebe dich.«

»Ich dich auch.«

Sie legte auf und holte tief Luft, dann noch einmal. Wenigstens wusste sie jetzt, dass ihre Familie nicht in den Schlamassel mit Rogers hineingezogen worden war. Noch nicht. Hoffentlich hatte Mom Selene und Ares bis zum Ende des Tages eingepackt und war mit ihnen in den Busch gewandert. Denn wie könnte man die Beobachter besser abschütteln, als in der Wildnis zu verschwinden? In ihrer Kindheit hatten sie das ständig gemacht, weil Dad ihnen für den Fall der

Fälle beibringen wollte, wie man in der Natur überlebte. Sie nannten die Hütte tief in der Wildnis Onkel Georges Haus. Es wurde zu einem immer wiederkehrenden Witz, wenn sie sagten, sie würden ihren Onkel besuchen, weil sie etwas Dampf ablassen mussten.

Jetzt, da ihre Familie versorgt war, war es an der Zeit, ihren nächsten Schritt zu planen.

Rogers musste ausgeschaltet werden, was bedeutete, ihn ausfindig zu machen. Vorzugsweise zu Hause. Nur war er nirgendwo aufgeführt, wo sie nachsah. Weder Telefonnummer noch Adresse, nur die Nachrichtenberichte über ihn, wenn er der Welt einen neuen erstaunlichen Fund vorstellte.

Als sie auf das Bild von Rogers starrte, der neben dem in einem Käfig eingesperrten Sasquatch stand, schürzte sie die Lippen. Das wäre fast sie gewesen. Die ganze Welt war nur wenige Stunden von der Erkenntnis entfernt gewesen, dass Werwölfe wirklich existierten. Manchmal wünschte sie sich, sie müsste sich nicht verstecken. Dass sie sich laut äußern und stolz auf ihre Herkunft sein könnte.

Wie schlimm wäre das?

Man musste nur Fred fragen, den Bigfoot, der in Calgary ausgestellt und zu einer großen Touristenattraktion geworden war. Seit seiner Gefangennahme hatte er Gewicht und Haare verloren. Armer Kerl. Wenigstens durfte der Ogopogo in seinem See bleiben, wenn auch unter Bewachung.

Athena würde sterben, wenn sie jemals wie ein Zirkusfreak ausgestellt würde.

Sie musste dafür sorgen, dass das nicht passierte.

Selbst wenn sie dafür ihren ersten Menschen töten musste.

KAPITEL VIER

Derek hasste seinen Job. Monoton, wiederholend und lang. So lang. Er starrte immer wieder auf die große Uhr über dem Ausgang. Normalerweise beachtete er sie nicht besonders, aber immer wieder kamen ihm Gedanken an Athena in den Sinn. Hatte sie seine Wohnung verlassen? Würde er sie wiedersehen? Wären seine Sachen noch da? Hatte sie seine Dusche benutzt? Ihren Körper mit seiner Seife berührt?

Als es ein Uhr nachts war und er Feierabend machen konnte, hatte er sich eingeredet, dass sie weg sein würde, wahrscheinlich mit seinem Bargeldbestand. Wahrscheinlich hätte er diskreter sein sollen, aber wenn sie damit geflohen war, dann war es eben so. Er bewahrte den Großteil seiner Ersparnisse an willkürlichen Orten auf – einen Teil auf der Bank, mehr in seiner Matratze, ein paar Bündel im Dachvorsprung seines alten Baumhauses. Derek glaubte daran, vorbereitet zu sein. Das Glas enthielt nur sein Spaßgeld.

Auf der Busfahrt nach Hause döste er vor sich hin. An seiner Haltestelle suchte er die Pizzeria auf, die bis spät in die Nacht geöffnet hatte, und holte sich eine extragroße Portion mit Fleisch. Das Joggen würde er heute Abend ausfallen lassen und stattdessen Liegestütze und Kniebeugen machen. Vielleicht würde er sich die Höhepunkte des Eishockeyspiels ansehen.

Zu seiner Überraschung saß Athena auf seiner Couch, trug einen weichen rosa Pullover, seine Boxershorts und ein Lächeln. »Rieche ich da etwa Pizza?«

»Ja. Mit viel Fleisch, ich hoffe, das ist okay.«

»Oh verdammt, ja.« Sie sprang von seinem Sofa wie eine Turnerin.

»Freut mich zu hören. Heutzutage ernähren sich so viele Leute vegan. Ich habe es versucht, aber ich habe nicht mal eine Woche durchgehalten.« Er war noch nie so verflucht hungrig gewesen. Verdammter Tofu, Gemüse, Obst und Nüsse waren einfach keine Mahlzeit für sein Fleischfressergehirn.

»Scheiß auf das Kaninchenfutter. Gib mir Fleisch!«, erklärte sie und hielt ein Stück hoch.

Er würde ihr gern sein Fleisch geben. Äh ... Er kaute, damit diese Worte nicht aus seinem Mund kamen.

Während sie aßen, fragte er sie nach ihrem Tag. »Und, musstest du vor irgendwelchen bösen Jungs fliehen?«

Sie schnaubte. »Nein. Ich habe mich nur um meine Mutter gekümmert, war ein bisschen einkaufen und habe dann vergeblich im Internet nach etwas gesucht.«

Diesmal machte er ein Geräusch. »Das war dein erster Fehler. Jeder weiß, dass man im normalen Netz nur das findet, was die Regierung einem zeigen will.«

Ein Pizzastück schwebte in der Luft vor ihrem Mund. »Moment mal, bist du ein Verschwörungstheoretiker?«

»Ich bin sicher, manche würden mich so nennen. Ich bevorzuge den Begriff *gut informiert*.« Er zuckte mit den Schultern. »Ich nehme nichts für bare Münze. Ich höre mir gern beide Seiten an, bevor ich mir eine fundierte Meinung bilde.«

»Verständlich. Woher bekommst du dann deine Nachrichten?«

»Aus dem Dark Web«, erklärte er, bevor er einen Bissen von seiner Pizza nahm.

»Warte, das gibt es wirklich?« Ihre Augen weiteten sich.

»Wie kommst du darauf, dass es nicht so ist?«

»Weil ich angenommen habe, dass es wie eine Erfindung für Filme ist.« Sie wedelte mit einer Hand. »Du weißt schon, wie für John Wick und die Marvels und so.«

»Es ist echt.«

»Und du kannst darauf zugreifen?«, fragte sie und beugte sich vor, wobei der Ausschnitt ihres Pullovers herunterhing. Er wandte den Blick ab, aber nicht bevor er ihr Dekolleté sehen konnte.

»Ja. Sag mir einfach, was du finden willst.«

Sie kaute auf ihrer Unterlippe. »Das würde bedeuten, dich in mein Problem mit einzubeziehen.«

»Und?«

»Und diese Leute, mit denen ich zu tun habe, sind ziemlich beschissen.«

»Offensichtlich. Umso mehr ein Grund, mich dir helfen zu lassen.«

»Lass mich darüber nachdenken.«

»Du hast gesagt, du hättest mit deiner Familie gesprochen«, sagte er, um das Thema zu wechseln.

»Ja. Alle sind in Ordnung, wenn auch besorgt. Gut, dass unsere Nachbarin, die Hellseherin, Mom gesagt hat, dass es mir gut geht, sonst hätte sie die

Polizei auf den Plan gerufen, um nach mir zu suchen.«

»Eine Hellseherin?« Er lachte.

»Du glaubst nicht daran?«

»Nein.«

»Sagt der Typ mit dem Plan für die Apokalypse.«

»Warte, woher weißt du, dass ich einen habe?« Er runzelte die Stirn.

»Pistole unter der Couch, Armbrust unter dem Bett, vakuumverpackte Essensrationen im Schrank. Wasserkanister in deinem Wäscheschrank.«

Sie hatte herumgeschnüffelt, aber er nahm es ihr nicht übel. Er war dafür bekannt, dasselbe zu tun. Es ging nichts über das Stöbern in Schränken, um ein Gefühl für eine Person zu bekommen. Das hatte ihn davor bewahrt, sich mit der Tussi einzulassen, die Puppen sammelte. Puppen, von denen sie später behauptete, sie hätten einen Mann getötet, mit dem sie weniger als sechs Monate nach Dereks Besuch zum Abendessen ausgegangen war.

»Die Welt geht vor die Hunde«, sagte er. »Ich dachte mir, es ist das Beste, wenn ich ein paar Notvorräte habe, nur für den Fall.«

»Denkst du, es werden Zombies oder eine Atomexplosion sein?«

»Momentan vermute ich eine außerirdische

Invasion, die eine nukleare Explosion auslöst, die dann radioaktive wandelnde Tote verursacht.«

Sie lachte nicht über ihn. Nicht so, wie manche Mädchen es getan hatten. »Bei allem, was hier los ist, könntest du recht haben. Lass mich raten, deine Oma ist genauso gut vorbereitet?«

»Im Vergleich zu ihr bin ich gar nichts. Sie hat den ganzen Keller unter dem Haus zu einem Bunker umbauen lassen. Luftzirkulation, unterirdischer Brunnen, Regale voller Konserven, Reis, Medizin.« Er breitete die Hände aus. »Der Plan ist, wenn die Welt untergeht, schaffe ich meinen Arsch in ihren Keller.«

»Wirst du nicht einsam sein?«

»Sie hat Hunderte von Filmen, Büchern, Puzzles, Spielen.«

»Das sind Dinge, mit denen du etwas machen kannst, aber keine Menschen«, betonte sie. »Es sei denn, du hast vor, deine Oma zu vögeln.«

Er rümpfte die Nase. »Nein. Aber wenn ich eine Freundin hätte, würde ich sie mitschleppen.«

»Du bist anders als die meisten Typen«, murmelte sie.

»Das erklärt wahrscheinlich, warum ich Single bin«, scherzte er.

»Ich habe es nicht böse gemeint. Du bist eigentlich ziemlich interessant.«

»Warum höre ich ein Aber?«

»Aber du bist zu nett. Du hast mich in deiner Wohnung allein gelassen, nachdem du mir dein Geldgefäß gezeigt hast. Nicht sehr klug.«

»Es ist nur Geld.« Er rollte mit den Schultern. »Und wenn du es genommen hättest, dann hättest du es offensichtlich gebraucht.«

»Viel zu vertrauensselig.« Sie legte den Kopf schief, und ihre Mundwinkel zuckten leicht, als sie fragte: »Was für ein Partner bist du denn im Bett?«

Er spuckte fast die Pizzakruste in seinem Mund aus. Er trank einen Schluck Wasser, bevor er keuchte: »Was zum Teufel?«

»Sei nicht so schüchtern. Ich bin neugierig. Du bist offensichtlich heiß. Trotz deiner manchmal groben Sprache bist du eigentlich gut erzogen. Freundlich. Lustig. Kein Schwein. Deine Wohnung ist sauber, wenn man bedenkt, dass es nur dich gibt. Du arbeitest. Du musst also einen Makel haben, sonst hätte dich schon jemand weggeschnappt.«

»Wie kommst du darauf, dass ich schlecht im Bett bin?«

»Bist du es?«

»Nein.«

»Wie kannst du dir da sicher sein?«

Er starrte sie an, bevor er murmelte: »Weil bei mir die Frau immer zuerst kommt.«

»Das heißt nicht, dass du gut bist.«

»Ich hatte noch keine Beschwerden«,

erwiderte er. »Was ist mit dir? Bist du der Typ, der nur bekommen will?«

»Ich liege nicht da wie ein Seestern, wenn du das meinst.«

»Gibt es einen bestimmten Grund, warum wir überhaupt über Sex reden?« Denn er war es nicht gewohnt, dass Frauen so direkt waren. Es war irgendwie erregend. Eigentlich erregte ihn alles an Athena.

»Ich habe schon eine ganze Weile niemanden mehr gefickt, und ganz ehrlich, ich vermisse es. Besonders jetzt, da ich ziemlich unter Stress stehe.«

»Ist das deine Art zu sagen, dass du willst, dass ich dich zum Kommen bringe?«, fragte er kühn, weil er den Eindruck hatte, dass sie es lieber hätte, wenn er direkt wäre.

»Ja. Das würde ich. Das heißt, wenn du in der Stimmung bist.«

»Bin ich lebendig?«, erwiderte er. »Natürlich bin ich in der Stimmung, aber ist das nicht etwas früh? Wir haben uns doch erst vor einem Tag kennengelernt.«

»Und? Ich will dich nicht heiraten, nur Sex.«

»Nur Sex«, wiederholte er. »Okay. Sag mir Bescheid wann.«

»Jetzt.«

»Jetzt?« Die Überraschungen fanden kein Ende.

»Es sei denn, du hattest andere Pläne?« Sie zog eine Augenbraue hoch.

»Nein.«

»Was du heute kannst besorgen ...« Sie stand auf und zog sich ohne Vorrede ihr Hemd aus.

Er starrte sie an. Blinzelte nicht. Er wollte nicht blinzeln, falls ihre Perfektion verschwand.

»Ziehst du dich aus?«, fragte sie, während sie sich an ihrer Hose zu schaffen machte.

»Sollten wir nicht damit anfangen rumzumachen?« Er hatte noch nie erlebt, dass eine Frau es so schnell anging.

»Wir werden uns gleich küssen. Aber erst sehen wir mal, was wir hier haben.«

Es hatte etwas Beängstigendes, wenn eine Frau nackt dastand, die Hände in die Hüften gestemmt, und ihn anstarrte, während er sein Arbeitshemd auszog. Es war keine Prahlerei zuzugeben, dass er eine schöne Brust hatte. Er hielt sich fit. Mit seiner Hose zögerte er jedoch. Ja, er wusste, dass sein Schwanz mit einundzwanzig Zentimetern überdurchschnittlich groß war, aber würde er ihr mit der leichten Neigung an der Spitze gefallen?

Wenigstens brachte er ihn nicht durch Schlaffheit in Verlegenheit. In dem Moment, in dem er ihn aus seinen Boxershorts befreite, stand er stramm.

Ihre Mundwinkel zuckten. »Das wird sehr gut sein. Komm her.« Sie krümmte einen Finger.

Es gab keinen Mann auf der Welt, der Nein gesagt hätte, und doch zögerte er. »Vielleicht sollten wir noch etwas warten.«

»Dein Schwanz sagt etwas anderes.«

»Du hast gerade eine traumatische Situation hinter dir.«

Sie seufzte. »Ja, und ich brauche Erleichterung. Etwas, das mich daran erinnert, dass ich am Leben bin. Aber ich musste bei dem einen Kerl landen, der Moral hat.«

Er zuckte mit den Schultern. »Glaub mir, ich bin auch nicht glücklich darüber.«

»Und was machen wir, wenn wir nicht ficken?«

»Abhängen?«

»Wenn es sein muss«, erklärte sie dramatisch.

Er grinste, während er sich anzog. Er hätte sich am liebsten selbst geohrfeigt, als sie diese herrlichen Brüste verbarg, aber gleichzeitig wollte er sie nicht ausnutzen.

Sie schürzte die Lippen. »Weißt du was, wenn du mich nicht dazu bringst, Halleluja zu singen, dann kannst du mir vielleicht deine Fähigkeiten im Dark Web demonstrieren.«

»Mit Vergnügen, aber das bedeutet, dass du

mir ein bisschen mehr darüber erzählen musst, was passiert ist und wonach wir suchen.«

»Eher nach wem.« Sie schritt im Wohnzimmer umher, während er seinen Laptop herausholte und ihn so einrichtete, dass er sich über das normale Internet hinaus bewegte. Die meisten wussten nicht, wie das ging, aber Derek war schon immer neugierig gewesen. In Kombination mit dem Gerede seiner Großeltern über die böse Regierung hatte er das Bedürfnis, mehr zu erfahren als das, was die Medien gern erzählten.

»Wo soll ich anfangen?«

Sie setzte sich mit angezogenen Beinen neben ihn auf die Couch.

»Der Mann, den ich finden muss, heißt Dr. Montgomery Rogers.«

Seine Finger hielten auf der Tastatur inne. »Moment, *der* Dr. Rogers? Der Typ, der Mythen entlarvt?«

»Ja.«

»Er hat dich entführt?« Seine Stimme klang ein wenig ungläubig.

»Das hat er.«

»Aber warum?«, platzte er heraus, weil es keinen Sinn ergab. Athena war offensichtlich kein Monster.

»Weil der dumme Mistkerl zu denken schien, dass ich etwas bin, was ich nicht bin.« Sie lachte.

»Was zum Beispiel? Eine Elfe?« Das war das Erste, was ihm einfiel, denn sie hatte eine ätherische Schönheit an sich.

»So etwas in der Art«, murmelte sie. Sie legte den Kopf schief und strich ihre Haare zurück. »Keine spitzen Ohren, falls du dich wunderst.«

»Was genau willst du über den Arzt wissen? Das meiste von seiner Arbeit ist doch öffentlich bekannt.«

»Nicht wirklich.« Sie hielt inne, bevor sie hinzufügte: »Er hat ein Labor unter einem der Gebäude auf der Versuchsfarm.«

»Scheiße. Im Ernst?«

Sie nickte. »Von dort bin ich geflohen.«

»Herrgott noch mal. Das ist Wahnsinn.« Und ein wenig unglaubwürdig. Wollte sie ihn verarschen?

»Ich weiß, es klingt verrückt, deshalb wollte ich es dir nicht sagen. Es fällt mir selbst immer noch schwer, damit klarzukommen, und doch war ich fast einen Monat lang dort.«

»Was ist passiert, während sie dich gefangen hielten?«

»Bluttests und anderer Scheiß. Rogers hat immer wieder versucht zu beweisen, dass ich irgendeine seltsame genetische Anomalie habe, die ich aber nicht habe.«

»Und jetzt willst du ihn finden? Um was zu

tun?« Er war nicht scharf darauf, Komplize eines Mordes zu sein, vor allem nicht bei jemandem, der die Aufmerksamkeit der Medien auf sich ziehen würde. Es war eine Sache, wenn er dachte, sie hätten es mit Mitgliedern einer Bande zu tun. Wenn die plötzlich verschwanden, interessierte das niemanden.

»Ich weiß es nicht. Vielleicht etwas Schmutz ausgraben, um ihn zu diskreditieren. Einige seiner unethischen Praktiken ans Licht bringen.«

»Du willst ihn ausschalten.« Das konnte er nachvollziehen. »Okay, mal sehen, was wir über diesen Arzt herausfinden können.«

Nicht viel, wie sich herausstellte. Obwohl das Dark Web eine Bastion für Informationen war, gab es verdächtig wenig über Montgomery Rogers, als existierte er nicht oder als hätte jemand seine Akte gelöscht.

»Tja, das war ein Reinfall«, brummte Athena, als er nach einer Weile seinen Laptop schloss.

»Ja, es ist seltsam. Über einen so berühmten Mann hätte es doch etwas geben müssen. Ich konnte nicht einmal eine Privatadresse ausfindig machen.« Ganz zu schweigen von der fehlenden Verbindung zur Versuchsfarm in der Innenstadt von Ottawa. Selbst sein Unternehmen hatte kein Büro, sondern nur ein Postfach.

»Das Überwachen der Farm wird

wahrscheinlich bemerkt werden«, überlegte sie laut, während sie sich erhob, um auf und ab zu gehen, mit nackten Beinen, da seine Boxershorts nur bis zur Mitte ihrer Oberschenkel reichten.

»Gib nicht auf. Vielleicht suche ich nicht gründlich genug, oder er wird zwar erwähnt, aber unter einem Decknamen. Wir werden es morgen wieder versuchen. Ich muss jetzt ins Bett.«

»Danke«, murmelte sie. »Ich bin dir wirklich dankbar für alles, was du getan hast.«

»Kein Problem. Willst du das Bett?«

»Kommt drauf an. Wirst du darin liegen?«

Er wollte Ja sagen, schüttelte aber den Kopf. »Wir wissen beide, dass es keinen Schlaf geben würde, und ich muss arbeiten.«

»Kann ich dich nicht zum Blaumachen überreden?«

Das konnte sie sehr wohl. Aber wollte er sein Leben für jemanden durcheinanderbringen, der höchstwahrscheinlich in ein oder zwei Tagen wieder verschwinden würde? »Du bist verlockend, aber ich muss Geld verdienen.« Er stand von der Couch auf.

»Wenn das so ist, gute Nacht.« Sie stellte sich auf Zehenspitzen, um ihm einen Kuss auf die Wange zu drücken und zu murmeln: »Träum von mir.«

Das tat er. Und am Morgen war er so hart, dass

er sich unter der Dusche einen runterholte, was nur peinliche dreißig Sekunden dauerte. Im Licht des Tages konnte er nicht glauben, dass er sie abgewiesen hatte. Er bezweifelte, dass er so stark wäre, wenn sie ihm das Angebot noch einmal machen würde.

Sie begrüßte ihn mit einem warmen Lächeln. »Morgen, Süßer.«

»Hey, Schatz. Hast du gut geschlafen?«

»Erst nachdem ich an mir selbst gespielt hatte, weil mich jemand hat hängen lassen.«

Ja, er spuckte seinen Kaffee aus.

Sie lachte. »Du bist süß, wenn du rot wirst.«

Er wurde nicht rot. Allerdings murmelte er, um zu entkommen: »Ich muss zur Arbeit.«

Wenn er seine letzte Schicht schon für lang gehalten hatte, war dieser Abend noch schlimmer. Es ging so weit, dass sein Vorgesetzter ihn darauf hinwies. »Sie werden nicht dafür bezahlt, auf die Uhr zu schauen.«

Sobald Derek gehen konnte, beeilte er sich und schaffte es tatsächlich in weniger als einer Stunde nach Hause, nachdem er alle Busse erwischt hatte. Manchmal dachte er daran, sich einen Wagen zuzulegen, aber die Kosten für das Parken, die Versicherung und den ganzen Rest waren eine finanzielle Belastung, die er nicht rechtfertigen konnte. Normalerweise machte ihm das Pendeln nichts aus. Aber das war, bevor er jemanden hatte, der zu Hause auf ihn wartete.

Zumindest hoffte er, dass Athena noch da war. Sie hatte gesagt, dass sie sich später sehen würden, als er zur Arbeit ging.

Er kam mit dem unterwegs besorgten chinesischen Essen herein und fand sie nackt auf seiner Couch vor.

Die Tüten fielen fast auf den Boden.

Sie schenkte ihm ein strahlendes Lächeln. »Schatz, du bist zu Hause.«

Verdammt, ja, das war er. »Ich habe Essen mitgebracht.«

»Ooh.« Sie sprang mit hüpfenden Brüsten über die Couch, und er wäre vor Anbetung fast auf den Boden gesunken.

Er versuchte, sich nicht auf die heiße Braut zu konzentrieren, während er sich Teller und Besteck schnappte, um zu essen.

»Wie war deine Schicht?«, fragte sie.

»Lang.« Die ehrliche Wahrheit. »Was ist mit dir? Bist du heute ausgegangen?«

»Ein bisschen. Ich habe mich verkleidet und bin zur Versuchsfarm gegangen.«

»War das klug?« Er löffelte etwas Reis auf seinen Teller und gab knuspriges Honighähnchen darauf.

»Wahrscheinlich nicht, aber das war auch egal. Sieht aus, als sei der Arzt weg.«

»Wie kannst du das wissen?«

»Weil Simon, der Wachmann, mit dem ich geflirtet habe, mir gesagt hat, dass Rogers einen Mercedes fährt, und auf dem Parkplatz stand ganz sicher keiner. Er schien ziemlich leer zu sein.«

»Und wie geht es weiter?«

Sie zuckte mit den Schultern. »Ich weiß es nicht.«

»Vielleicht sucht er ja gar nicht nach dir«, schlug er vor.

»Ist das deine Art, mich rauszuschmeißen?«

»Nein!«, schrie er fast. »Bleib solange du willst.«

»Danke, Schatz. Mach dir keine Sorgen. Ich werde versuchen, dir nicht in die Quere zu kommen.«

Er hätte fast gesagt, dass sie kommen konnte, wo sie wollte. So gut war er schon lange nicht mehr unterhalten worden. Aber es hatte etwas Appetittötendes, einer Frau beim Essen gegenüberzusitzen. Das war nicht ganz richtig. Er war vielleicht nicht hungrig nach Nahrung, aber verdammt, er sehnte sich nach etwas anderem.

Und sie wusste es.

Sie warf ihm ein paar kokette Blicke zu, bevor

sie sagte: »Also, masturbiere ich zum Nachtisch oder besorgst du es mir?«

Er war in der Nacht zuvor stark gewesen.

Er konnte nicht zweimal Nein sagen.

Er erhob sich von seiner Seite des Tisches, um dann vor ihr auf die Knie zu fallen. Es wurden keine Worte gesprochen. Sie spreizte nur die Beine und stieß einen glücklichen Seufzer aus, als er sich vorbeugte, um an ihrer hübschen rosa Muschi zu lecken.

Sie war feucht. So feucht. Und sie stöhnte, als er sie leckte. Sie stöhnte und hielt sich an seinem Haar fest, als er ihre Schamlippen teilte und ihr Geschlecht neckte. Er schob die Hände unter ihren Hintern, zog sie teilweise vom Sessel und veränderte den Winkel ihrer Hüften, damit er sie verschlingen konnte. Er kostete sie, reizte sie. Er schnippte mit der Zunge über ihre Klitoris und wurde mit einem Schaudern belohnt.

Er saugte an ihrer Knospe, während er einen Finger in sie stieß.

Sie knurrte: »Gib mir noch einen.«

Mit zwei Fingern glitt er hinein und hinaus, während er ihre Klitoris mit Aufmerksamkeit überhäufte. Sie zog mit den Händen an seinem Haar, während sie die Hüften bewegte und gegen seinen Mund drückte. Mit den Fersen trommelte sie auf seinen Rücken.

Ihr Kanal zog sich um seine Finger zusammen, und ihr stockte der Atem. Als sie kam und ihre Muschi krampfte und pulsierte, war sie nicht still dabei.

Sie schrie: »Oh, verdammt, ja!«, und er wäre fast in seiner Hose gekommen.

Sie öffnete die Augen und starrte ihn an, bevor sie säuselte: »Das nenne ich mal epischen Oralsex. Jetzt bist du dran. Zieh die Hose aus, Schatz.«

Er konnte gar nicht schnell genug aufstehen und seinen Gürtel öffnen.

Gerade als ihre Knie den Boden berührten und sie mit einer Hand seinen harten Schwanz umfasste, legte sie den Kopf schief, als würde sie lauschen. Er hörte nichts, aber sie flüsterte: »Ich glaube, wir haben Besuch.«

Nicht mehr lange, denn seine prallen und sehr geschwollenen Eier würden diese Person für die Unterbrechung umbringen.

KAPITEL FÜNF

Die ziemlich kribbelige und glückliche Athena war ebenfalls genervt. Nachdem sie den tollsten Oralsex der Welt bekommen hatte, wollte sie sich gern revanchieren, aber die Geräusche im Flur lenkten sie ab. Zumal sie um drei Uhr morgens fehl am Platz wirkten.

Der arme Derek sah frustriert aus, als er brummte: »Ich höre nichts.«

Ah ja. Seine menschlichen Ohren konnten das nicht.

»Glaub mir, wenn ich sage, dass mindestens zwei Leute im Flur sind.«

Er nahm sie nicht beim Wort und ging zur Wohnungstür, um hinauszuspähen. Er schaute sie an und flüsterte: »Jemand hat etwas über meinen Spion geklebt.«

Dieser Jemand hörte wahrscheinlich auch zu.

Rogers? Das schien sehr wahrscheinlich und unwahrscheinlich zugleich. Auf keinen Fall konnte er sie bereits aufgespürt haben.

Athena zog sich schnell an und ging zur Tür, als Derek sie aufriss und blaffte: »Was zum Teufel macht ihr da?«

Und siehe da, es waren zwei der Schläger von neulich Abend, die immer noch ihre Masken trugen, aber sie erkannte ihren Geruch.

Und sie waren mit einer Pistole gekommen!

Nicht dass Derek sich darum scherte. »Ich habe euch Kotzbrocken gewarnt, was passieren würde, wenn ich euch noch einmal sehe.«

»Wir wollen nicht dich. Gib uns das Mädchen.«

»Nein.« Derek blockierte die Tür und verschränkte die Arme.

»Bist du blind?«, sagte der Kleinere. »Wir haben eine Waffe.«

»Und anscheinend keinen Verstand«, murmelte ihr neuer Liebhaber.

»Entweder du gibst sie her oder ich schieße!« Die Hand des dickeren Typen zitterte leicht.

»Nur zu, und schieß nicht daneben, denn dieses Mal werde ich dich nicht in einen Fluss werfen«, schnauzte Derek. »Es ist ein tiefer Fall vom Balkon.«

Süß, sanft und freundlich, solange man sich nicht mit ihm anlegte. Gab es irgendetwas an diesem Kerl zu hassen?

»Gib uns einfach das Mädchen, dann schießen wir kein Loch in dich«, sagte der große Kerl.

»Ja, daraus wird nichts«, entgegnete Derek, als er angriff. Er schnappte sich die Waffe des dickeren Kerls und riss sie ihm aus der Hand, sodass er nur noch eine Hand hatte, als der Kerl angriff. Der andere, der mit dem Messer in der Hand, zögerte, da er wahrscheinlich nicht sicher war, wo er zustechen sollte.

Athena schlüpfte heraus und sagte: »Sucht ihr mich?« Als der kleine Kerl seine Maske zu ihr drehte, schlug sie ihm auf die Nase. Als er nicht zu Boden ging, trat sie ihm in die Eier, und als er sich krümmte, packte sie ihn am Kopf und rammte ihm ein Knie ins Gesicht.

Er ging zu Boden, als Derek den anderen Kerl k. o. schlug. Sie sahen sich im Flur an, bevor beide sagten: »Wir sollten sie wegbringen.«

Sie kicherte. »Verhext. Bringen wir sie rein, bevor deine Nachbarn aufwachen und sich fragen, was das soll.«

Er fragte nicht, warum er sie reinbringen sollte, anstatt sie rauszuwerfen oder die Polizei zu rufen.

Sie packte den kleinen Kerl und zerrte ihn in die Wohnung, während Derek sich um den anderen kümmerte.

In der Wohnung angekommen, schürzte sie die Lippen. »Was glaubst du, wie lange sie bewusstlos bleiben werden?«

»Wahrscheinlich nicht lange, also sollten wir sie fixieren.« Derek holte etwas Klebeband aus einer Küchenschublade. Jeder von ihnen hievte seinen Schläger auf einen Küchenstuhl und band ihn fest. Als sie fertig waren, traten sie zurück und musterten sie.

»Es ist irgendwie krank, dass sie nach dir gesucht haben«, murmelte Derek.

»Anscheinend.«

»Irgendeine Idee warum?«

»Ich kann ein paar Vermutungen anstellen.«

»Denkst du, sie werden uns sagen, wer sie geschickt hat?«

»Mit dem richtigen Anreiz könnten sie das.«

»Ich werde sie nicht bestechen«, warnte er.

Sie kicherte. »Als würde ich sie dafür belohnen wollen, dass sie Verbrecher sind.«

»Netter Schlag, übrigens. Ich bin mir ziemlich sicher, dass ich seine Nase habe knacken hören.«

»Mein Dad wollte, dass wir wissen, wie wir uns verteidigen können.« Ihr Vater hätte Derek gemocht. Sie glaubten beide daran, auf die Zukunft vorbereitet zu sein.

»Erinnere mich daran, dich nicht zu verärgern.« Er fasste sich an den Schritt.

»Iss nicht von meinem Teller, gib mir immer das größere Steak und benutze deine Zunge so wie gerade eben, dann kommen wir gut miteinander aus, Schatz.«

Er lachte. »Abgemacht, Süße.«

Mitten in einer verkorksten Situation standen sie da und grinsten wie die Verrückten.

»Ich werde den Großen aufwecken«, erklärte Derek.

»Wie?«, fragte sie. »Sag mir nicht, dass du Riechsalz hast.«

»Als würde ich welches verschwenden. Salz wird wertvoll sein, wenn die Welt untergeht.«

Sie klärte ihn nicht über den Unterschied zwischen diesen Salzen auf. Seine apokalyptische Antwort war süß.

Er ging in die Küche und ließ das Wasser laufen, bevor er mit einer Schüssel zurückkam, die er auf den Kopf des dicken Schlägers kippte. Die Maske saugte viel davon auf, sodass es sich durch den Stoff nur schwer atmen ließ. Der Schläger wachte auf, würgte und keuchte. Erst dann zog Derek die Maske ab.

Der Kerl war jung, vielleicht Anfang zwanzig,

mit pockennarbiger Haut, einer Tätowierung eines Kreuzes über dem linken Auge und einer schlechten Einstellung.

»Arschloch«, prustete Tattoo.

»Sagt der Typ, der mein Mädchen und mich bedroht hat.« Derek ging in die Hocke und sagte leise: »Ich habe euch nahegelegt, einen anderen Weg zu wählen.«

»Wir waren nicht hinter dir her. Nur hinter der Frau.«

»Warum?«

»Das geht dich einen Scheißdr-«

Klatsch.

Derek gab dem Kerl eine Ohrfeige, bevor er wieder ruhig fragte: »Warum zum Teufel seid ihr hinter meinem Mädchen her?«

Der *Mein*-Teil dieser Aussage gefiel ihr irgendwie.

Der mürrische Schläger antwortete: »Wegen der Belohnung.«

»Welche Belohnung?«, fragte sie scharf.

Der Kerl blickte zu ihr und leckte sich die Lippen. »Die, die an der Anschlagtafel gepostet wurde.«

Sie legte die Stirn in Falten. »Welche Anschlagtafel?«

Der Typ schwieg, aber Derek hatte eine Antwort.

»Nach seinen Tätowierungen zu urteilen gehört er zu einer Bande. Es gibt jetzt mehrere davon in der Stadt. Ich nehme an, mit Anschlagtafel meint er etwas im Dark Web.«

»Die Leute posten solche Sachen?«

Derek nickte. »Das ist sogar ziemlich verbreitet.« Er musterte den Schläger. »Was stand noch in diesem Post?«

Als der Kerl die Lippen zusammenpresste, brauchte Athena nicht zu drohen, denn Derek näherte sich ihm und sagte leise: »Beantworte die Frage.«

»Und wenn ich es nicht tue?«

Derek holte aus und schlug den Kerl.

»Was soll der Scheiß, Mann?«

»Es sieht folgendermaßen aus«, erklärte Derek. »Ihr seid in meine Wohnung gekommen, um Ärger zu machen. Ziemlich dumm. Vor allem weil ich euch beim letzten Mal deutlich zu verstehen gegeben habe, dass ich eure Gesichter nie wiedersehen will. Also entweder du antwortest mit deinen Lippen, oder meine Fäuste sprechen zu deinem Gesicht.«

Der Schläger schmollte. »Da gibt's nicht viel zu erzählen. Jemand hat fünf Riesen für die Frau geboten. Er hat ihr Gesicht gepostet und gesagt, dass sie vielleicht den Namen Athena benutzt.«

»Scheiße«, murmelte sie.

Derek schaute sie an. »Ich nehme an, das war eine Aktion deiner früheren Bekannten.«

»Höchstwahrscheinlich. Aber fünftausend? Irgendwie beleidigend.«

Seine Mundwinkel zuckten. »Stimmt.« Seine Miene verhärtete sich, als er sich zu Tattoo umdrehte. »Wer hat es gepostet?«

»Keine Ahnung.«

»Na ja, du musst doch etwas wissen, wie willst du es sonst kassieren?«

»Auf dem Aushang stand, wenn wir sie finden, sollen wir sie zu *Bottoms Up* bringen und nach Kyle fragen.«

»Was ist *Bottoms Up*?«, fragte sie.

»Eine Kneipe«, murmelte Derek. »Eine schäbige noch dazu.«

»Wem habt ihr gesagt, dass ich hier bin?«, fragte sie und überlegte, ob es schon zu spät war, um zu fliehen.

»Niemandem«, schimpfte Tattoo. »Ich will doch den Preis nicht teilen. Nur Ralph und ich wussten, dass du hier bist.«

»Woher wusstet ihr das?«, schnauzte Derek.

»Weil wir sie zufällig beim Einkaufen gesehen haben und ihr gefolgt sind, aber dann ist sie in dieses Gebäude gegangen, und wir wussten nicht, in welche Wohnung. Also haben wir gewartet, und dann haben wir dich gesehen«, eine Aussage, die an

Derek gerichtet war, »und als du reingegangen bist, gab es nur ein Fenster, das Licht hatte –«

»Und du hast dein erbsengroßes Gehirn benutzt, um die richtigen Schlüsse zu ziehen«, murmelte sie. Sie kam sich dumm vor. Von Idioten entdeckt, und sie hatte es nicht einmal bemerkt. Sie hatte angenommen, dass ihr Gefühl, beobachtet zu werden, von Paranoia herrührte.

Derek hatte noch mehr Fragen. »Warum habt ihr angenommen, dass sie bei mir ist?«

»War nur ein Zufallstreffer.« Tattoo versuchte, mit den Schultern zu zucken, aber das Klebeband hielt ihn fest.

Der kleinere Kerl wachte auf und begann, zu strampeln und zu stöhnen. »Oh Gott, mein Gesicht. Mein Gesicht. Sie hat mir das Gesicht gebrochen.«

»Als Nächstes reiße ich dir die Zunge raus, wenn du nicht die Klappe hältst«, knurrte Derek.

Sexy.

Er nahm Ralphs Maske ab und enthüllte einen Jungen, der kaum aus dem Teenageralter heraus war und das gleiche Tattoo über dem Auge trug. Derek schüttelte den Kopf. »Verdammte Idioten. Vergeuden ihr Leben und ihr Potenzial für billige Nummern.«

»Fünf Riesen sind viel Geld«, argumentierte Ralph.

»Wie viel ist dein Leben wert?« Athenas süße Antwort. »Denn hier ist das Problem, Jungs. Jetzt, da ihr mich gesehen habt, kann ich euch nicht einfach so gehen lassen.«

Ihnen fielen die Kinnladen herunter. »Wir würden es nicht verraten«, erklärte Tattoo schnell.

»Als würde ich euch das glauben.« Derek ging auf und ab. »Wo können wir ihre Leichen deponieren? Der Kanal wird sie erst in ein paar Tagen oder Wochen wieder ausspucken, aber sie so weit zu transportieren wird mühsam sein.«

»Wir könnten sie in der Kanalisation entsorgen«, schlug sie vor. »Wir lassen sie gefesselt und die Ratten können sich an ihnen vergreifen.« Sie meinte das nur halb ernst, aber sie war neugierig, worauf Derek hinauswollte. Sie hatte nicht den Eindruck, dass er ein Killer war, als er den Schlägern das letzte Mal gegenübergestanden hatte.

»Die Kanalisation ist eine gute Idee, aber wir müssen ihnen den Mund mit Klebeband zukleben, damit sie nicht zu laut jammern und mit intakten Körperteilen entdeckt werden.«

»Mülltonnenbrände werden immer häufiger«, erklärte sie. »Gib ihnen einen Joint oder ein paar Zigaretten, und die Bullen werden annehmen, dass sie mit einer brennenden Kippe eingeschlafen sind.«

»Das ist eigentlich ein guter Plan, aber wir

müssten das Klebeband entfernen.« Derek rieb sich das Kinn. »Es ist leicht genug, sie k. o. zu schlagen, damit sie liegen bleiben, während sie brennen.«

Die Augen der Verbrecher konnten nicht größer und ihr Angstgestank nicht schlimmer werden.

»Wir werden nichts verraten«, plapperte Ralph. »Versprochen.«

»Als würde ich dir auch nur ein Wort glauben«, schnauzte Derek.

»Ich schwöre auf das Leben meiner Mama«, schluchzte der Junge.

»Und auf meine drei Babys«, fügte Tattoo hinzu.

»Mein Gott, du bist Vater?« Derek verbarg seinen Abscheu nicht. »Nettes Vorbild, das du da abgibst.«

»Wir werden euch in Ruhe lassen. Wir schwören es.« Der Junge klang aufrichtig.

Würde Derek sie tatsächlich töten? Athena war in Versuchung. Diese beiden waren Teil des Problems, das Ottawa heutzutage mit der Kriminalität hatte. Selbstgefällige, faule Arschlöcher, die dachten, sie könnten von denen nehmen, die hart arbeiteten.

»Was denkst du, Süße?«, fragte Derek sie.

»Ich weiß nicht, Schatz. Die Welt ist vielleicht besser dran ohne sie.«

»Bitte«, schluchzte Ralph. »Ich wollte gar nicht mitkommen. Horace hat mich dazu gezwungen.«

»Habe ich nicht«, rief Horace aus.

»Fick dich. Das hast du. Du wusstest, dass ich ehrlich werden wollte, und als ich Nein gesagt habe, wolltest du Bethany sagen, dass ich Filzläuse habe, wenn ich es nicht tue.«

Während sie stritten, schob Athena sich dicht an Derek heran und murmelte: »Tut mir leid, dass ich dir Ärger gemacht habe.«

»Du brauchst dich nicht zu entschuldigen.«

»Das werde ich aber, denn es ist meine Schuld. Ich werde dir helfen, mit diesen Idioten fertigzuwerden, und mich dann auf den Weg machen.«

Er wirbelte herum und funkelte sie an. »Nein, das wirst du nicht. Wir werden zusammenbleiben.«

»Warum?«

Er schenkte ihr ein schiefes Lächeln. »Weil ich glaube, dass du die Tussi bist, auf die ich mein ganzes Leben gewartet habe.«

Na verdammt. Da wurde das Höschen doch sofort feucht.

»Du kennst mich doch kaum«, erinnerte sie ihn.

»Oma sagt immer, dass der erste Eindruck von einer Person meistens richtig ist.«

»Bei unserem ersten Treffen dachtest du, ich würde dich betrügen.«

»Nein, mein erster Gedanke war hubba-hubba.«

Sie schnaubte. »Und jetzt?«

»Hubba-hubba, heilige Scheiße, die Braut ist fantastisch.«

Sie schüttelte den Kopf. »Du bist als Kind ganz sicher auf den Kopf gefallen.«

»Nur ein paarmal. Daddy sagt, ich war glitschiger als ein fetter Barsch, der nicht gefressen werden will.«

Sie hätte fast gelacht und musste sich auf die Lippe beißen.

Plötzliche Stille ließ sie beide zu den Schlägern blicken, die sie anstarrten.

»Bitte tötet mich nicht. Ich will es besser machen«, flüsterte Ralph.

»Ich bin es nicht, den du überzeugen musst«, murmelte Derek. »Also, Süße, wie lautet das Urteil? Töten wir sie oder lassen wir sie frei?«

»Wir können sie später immer noch töten«, schlug sie vor. »Wir haben im Moment nicht viel Zeit.«

»Ich weiß nicht. Der Dicke sieht aus, als hätte er ein loses Mundwerk.«

»Nein, habe ich nicht.« Horace kniff die Lippen fest zusammen.

»Wir müssen los, wenn wir unseren Flug noch erwischen wollen«, erklärte Derek. »Ich sage, wir schnappen uns ihre Brieftaschen und machen ein Foto von ihren Ausweisen, damit wir ihre Adresse haben. Wenn sie sich dann verplappern, wissen wir, wo wir sie finden können.« Derek kramte in ihren Taschen und machte Bilder von ihren Versicherungskarten und Führerscheinen.

Erst dann griff er nach einem Messer, was Ralph hyperventilieren ließ, obwohl Derek nur das Klebeband durchtrennte.

Er trat zurück und blaffte: »Verschwindet und schaut nicht zurück, denn wenn ich eure Gesichter noch einmal sehe, werde ich nicht mehr so nett sein.«

Die Schläger flohen, und Athena seufzte. »Das hier tut mir wirklich leid.«

»Warum? Das ist das Interessanteste, was mir passiert ist, seit Oma mir selbst gebackene Brownies geschickt hat.«

»Müssen gute Brownies sein.«

»Nicht wirklich, aber die Pilze, die sie hineinmischt, sorgen für einen ziemlichen Trip.«

Ihr stand der Mund offen, bevor sie lachte.

Und lachte.

Dann küsste sie ihn, denn verdammt, sie war vielleicht dabei, sich zu verlieben.

Leider führte der Kuss zu nichts, denn Derek

löste sich von ihr und sagte streng: »Lenk mich nicht ab. Wir müssen weg von hier.«

»Warum? Denkst du, sie werden uns verraten?«

»Vielleicht. Aber ich mache mir mehr Sorgen darüber, dass derjenige, der nach dir sucht, eine Belohnung ausgesetzt hat. Wer weiß, wie viele Leute dich gesehen haben. Wenn Dumm und Dümmer dich aufspüren können, dann befürchte ich, dass jemand mit ein bisschen mehr Grips das auch kann.«

»Wo können wir hingehen?«

Seine Augen tanzten vor Heiterkeit, als er sagte: »Willst du meine Oma kennenlernen?«

KAPITEL SECHS

Derek hatte weder einen Wagen, noch wollte er das Geld für einen Mietwagen verschwenden. Also tat er das, was er immer tat, wenn er seine Großeltern besuchen wollte.

Er rief an.

»Was willst du, verdammt?«, blaffte seine Oma.

»Hey, du alte Schachtel, immer noch am Leben?«, fragte er. Er saß in einem Café ein paar Blocks von seiner Wohnung entfernt, und ihm gegenüber saß die verkleidete Athena, die Eier, Speck, Würstchen und Toast inhalierte, als hätte sie nicht erst vor einer Stunde eine ganze Mahlzeit verschlungen. Eine Reisetasche zu seinen Füßen enthielt seine persönlichen Sachen. Also seine Xbox und alles, was seinen Namen trug, sowie die wenigen Sachen, die Athena besorgt hatte.

»Noch erbst du nicht, du schnorrender Bastard«, erwiderte Oma.

»Was erben? Deine hässliche Couch und Omaunterhosen?«

»Das hättest du wohl gern. Ich überlasse dir die Staubmäuse unter meinem Bett, du undankbarer Scheißhaufen.«

Derek lachte, als er sah, wie Athena ihn über einer Gabel voll Eier stirnrunzelnd anschaute. »Ich liebe dich auch, Oma.«

»Warum rufst du so früh an? Hast du endlich ein paar Gesetze gebrochen und brauchst uns, um dich aus dem Knast zu holen?«

»Leider bin ich immer noch ein guter Junge. Aber ich brauche einen Platz, wo ich für ein paar Tage pennen kann.«

»Bist du in Schwierigkeiten?«, fragte Oma.

»Nicht direkt, aber die Freundin, der ich helfe, schon. Sie wird bei mir sein.«

Eine Pause. »Ich mag keine Fremden.«

»Bist du sicher, dass du für meine Freundin keine Ausnahme machen wirst?«, fragte er, obwohl es nicht ganz der Wahrheit entsprach. Er hätte Oma die Wahrheit sagen können – *hey, ich habe diese Tussi kennengelernt, die wirklich heiß ist und ein paar üble Scheißer an den Fersen kleben hat.* Oma hätte Athena mit offenen Armen empfangen, denn sie liebte Dramen, auch wenn sie behauptete, es nicht zu tun.

Aber das F-Wort sagen? Das würde seine Oma wirklich in Aufruhr versetzen.

»Wer zum Teufel ist so dumm, mit dir auszugehen?«

Er grinste. »Das wirst du wohl bald herausfinden.«

»Ich nehme an, du brauchst eine Mitfahrgelegenheit.«

»Ja.«

Anstatt darüber zu schimpfen, dass er einen Wagen besitzen sollte, murmelte sie: »Triff dich in fünfundvierzig Minuten mit Opa am üblichen Ort.«

»Danke.«

»Wie auch immer.« Ihre Art zu sagen, dass sie ihn liebte.

Er legte auf, und Athena sah ihn über ihr Glas Orangensaft hinweg an. »Das mit deiner Oma war kein Scherz.«

»Du hast es gehört?«

»Irgendwie schwer, es nicht zu hören. Wie war es, als Kind ein Bastard genannt zu werden?«

»Nicht schlimmer als ein Kind, das Champ oder Schätzchen genannt wird. Ich wusste immer, dass sie mich liebt, und Worte sind nur das. Es ist die Absicht, die zählt.«

»Taten statt Worte«, murmelte sie als Antwort.

»Genau, also vergiss das nicht, wenn sie sich für deinen Spitznamen entscheidet.«

Sie zog eine Augenbraue hoch. »Du meinst, ich werde einen eigenen bekommen?«

»Oh verdammt, ja.«

»Wie hat sie deine letzte Freundin genannt?«

»Nichts, da sie sie nie getroffen hat. Es ist etwa fünf Jahre her, dass ich eine Frau mitgebracht habe. Cindy Brown. Oma warf einen Blick auf sie und nannte sie die Harpyie, weil Cindy eine Vorliebe dafür hatte, mir und anderen zu sagen, was sie tun sollten.«

»Ich bin überrascht, dass du dich mit so jemandem triffst, denn du scheinst deinen eigenen Kopf zu haben.«

»Zu meiner Verteidigung, sie hatte einen tollen Vorbau.«

Sie blinzelte.

Er hustete. »Deiner ist besser.«

»War es dir jemals mit jemandem ernst?«

»Ja. Meine letzte Freundin, die immer wieder Ausreden fand, um meine Großmutter nicht zu treffen. Das hätte meine erste Warnung sein sollen. Als ich ihr vorschlug zusammenzuziehen, weil sie ständig meckerte, dass sie mich nie sieht, drehte sie durch und beschuldigte mich, sie zu erdrücken.«

»Ich hasse es, wenn Leute solche dummen Spiele spielen.«

»Ich auch«, entgegnete er. »Warum ist es so schwer, ehrlich und echt zu sein?«

»Du bist ein interessanter Mann«, stellte sie leichthin fest.

»Sagt die Königin der Geheimnisse. Komm, wir haben noch einen kleinen Spaziergang vor uns, um Opa zu treffen.«

»Warum holt er dich nicht bei dir zu Hause ab?«, fragte sie, als er das Geld auf den Tisch legte und sie den Imbiss verließen, die Reisetasche auf seinem Rücken.

»Weil ich eigentlich nicht dort wohnen sollte. Ich wohne zur Untermiete bei einem Typen, der das Land verlassen hat, aber nicht auf legalem Weg. Er braucht eine Adresse, um den Anschein zu erwecken, dass er da ist, aber er wollte die Wohnung nicht leer stehen lassen. Also miete ich sie billig und lasse mir meine gesamte Post an meine Großeltern schicken.«

»Das erklärt aber nicht, warum du nicht an deinem Wohnhaus abgeholt wirst.«

»Weil Großmutter davon überzeugt ist, dass das FBI sie beobachtet und sie die Agenten nicht zu meiner Wohnung führen will.«

»Und warum wird sie vom FBI beobachtet?«

»Wegen des Grases und der Pilze, die sie anbaut.«

»Gras ist jetzt legal.«

»Jetzt ja, aber früher war es das nicht, und alte Gewohnheiten lassen sich nur schwer ablegen.« Er schaute sie an, und zu seiner Überraschung lachte sie nicht und wirkte nicht schockiert. Die meisten Frauen hatten ein Problem mit dem Familiengeschäft. Ein Geschäft, in das er nicht verwickelt war, aber trotzdem wurden die Leute bei den Worten »Marihuana-Anbau« seltsam.

»Ich nehme an, dass deine Großmutter bei der Sache mit dem Gras und dem FBI Sicherheitsmaßnahmen hat?«

»Ja. Kameras, Hunde, Fallen –«

»Fallen?«

»Ja, ich würde nicht empfehlen, allein durch den Wald zu laufen. Ich weiß, worauf ich achten muss, aber es kann für Unwissende gefährlich sein. Gruben, Schlingen, Stolperfallen, um nur ein paar zu nennen. Wenn es jemandem gelingt, uns zu folgen, dann wird er eine Überraschung erleben.«

»Scheint unwahrscheinlich zu sein, da du nicht legal in dieser Wohnung gemeldet bist. Das heißt, selbst wenn Dumm und Dümmer reden, werden sie dich nicht aufspüren können.«

»Es sei denn, sie brechen ein, durchsuchen

meine Sachen und finden etwas, das ich vergessen habe.«

Sie schürzte die Lippen. »Hoffentlich wird das nicht passieren.«

»Selbst wenn sie herausfinden, dass wir auf die Farm geflüchtet sind, werden sie es schwer haben, weil Oma keine Fremden mag.«

»Vielleicht sollte ich nicht gehen. Ich möchte sie nicht in Schwierigkeiten bringen.«

Er schnaubte. »Sag das nicht zu Oma. Sie wäre beleidigt.«

»Wir sollten sie aber warnen.«

»Das hatte ich auch vor. Sie sucht immer nach einem Grund, um mehr Waffen zu kaufen.«

Sie blinzelte. »Wie viele besitzt sie denn?«

»Sagen wir einfach, sie könnte eine ganze Miliz ausrüsten.«

Athena schüttelte den Kopf. »Ich fühle mich wie in der Twilight Zone.«

»Ich verspreche dir, dass sie und Opa trotz einiger ihrer Überzeugungen gute Menschen sind.«

»Oh, das glaube ich dir. Meine Familie ist auch anders als die meisten. Wir sammeln nur keine Waffen oder stellen Sprengfallen auf.« Ihre Lippen zuckten. »Obwohl ich wette, dass Ares daran interessiert wäre.«

»Älterer oder jüngerer Bruder?«, fragte er.

»Mittleres Kind. Selene ist das Baby.«

»Muss cool gewesen sein, als Kind Geschwister zu haben.«

»Manchmal. Manchmal haben wir geschrien, gebrüllt und uns gestritten. Dad hat uns das immer machen lassen, aber Mom wollte, dass wir darüber reden, uns umarmen und uns entschuldigen.«

»Was war besser?«, fragte er.

»Ganz ehrlich, als Ares meiner Lieblings-Barbie den Kopf abgerissen hat, habe ich es genossen, seine Videospiele zu verstecken und ihn um ihre Rückgabe betteln zu lassen.«

»Ich habe mir manchmal gewünscht, Geschwister zu haben, aber als Mom wegging, war Dad nicht an einer Beziehung interessiert. Ist er immer noch nicht. Meine Mutter hat ihn gebrochen.«

»Und meine Mutter hat sich nie davon erholt, dass mein Vater gestorben ist.« Sie hielt inne, bevor sie hinzufügte: »Ich glaube, das Schlimmste war, dass sein Tod vermeidbar war. Er wurde beim Wandern im Wald erschossen.«

»Meine Güte, das ist verdammt beschissen«, rief er aus. »Tut mir leid, ich meine, das ist scheiße.«

»Ja, das ist es. Eine Zeit lang hat sie uns nicht aus dem Garten gelassen, weil sie Angst hatte, dass wir ihr auch weggenommen werden.«

Er entdeckte die Tankstelle vor ihnen. »Wir sind fast da. Opa müsste jeden Moment kommen.«

Athena legte den Kopf schief, als würde sie lauschen, doch wieder hörte er nichts. »Was ist?«

»Klingt, als hätte jemand seinen Auspuff verloren.«

Ihr Gehör musste gut sein. »Das ist Opa. Er fährt einen alten Ford und macht die meisten Reparaturen selbst. Ich weiß nicht, wie oft er die Auspuffanlage schon repariert hat, aber die Schallbleche will er nicht austauschen. Er sagt, ein Pick-up sollte knurren.«

»Ich bin überrascht, dass die Bullen ihm noch keinen Strafzettel verpasst haben.«

»Das haben sie, aber er hat einen Freund, der sie vertreiben kann.«

»Nützlich.«

Er zeigte nach vorn. »Da ist er.«

Der waldgrüne Pick-up mit den weißen Streifen auf jeder Seite rumpelte in Sichtweite. Opa hielt neben ihnen an, und Derek öffnete die Beifahrertür.

»Hey, Opa. Danke fürs Abholen. Tut mir leid, dass du so früh geweckt wurdest.«

Der alte Mann, fit für sein Alter, wenn auch dick, grunzte. »Ich war schon wach. Ich wollte gerade in den Ansitz gehen, als du anriefst.«

Derek warf einen Blick auf Athena. »Jagdsitz. Die Wildsaison wurde gerade eröffnet.«

»Deine Oma hat gesagt, ich soll mindestens drei erlegen, seit der Preis für Rindfleisch wieder gestiegen ist. Los geht's. Ich sollte noch Zeit haben, es vor Sonnenaufgang zu schaffen.«

Während Derek bereitstand, um Athena in den Wagen zu heben, brauchte sie keine Hilfe, schwang sich in das Fahrerhaus und rutschte über die Sitzbank. Derek kletterte hinein und hatte kaum die Tür geschlossen, als Opa losfuhr, aber nicht bevor er sagte: »Ich weiß nicht, was du dir dabei gedacht hast, dieses süße Ding zu deiner Oma zu bringen. Sie wird sie lebendig auffressen.«

Woraufhin Athena antwortete: »Ich kann es kaum erwarten.«

Derek auch nicht, denn er hatte vielleicht endlich die eine Frau getroffen, die es mit seiner Familie aufnehmen konnte.

KAPITEL SIEBEN

Athena fragte sich, warum sie sich von Derek hatte überreden lassen, zu seinen Großeltern zu fahren. Das Richtige wäre gewesen, sich aus dem Staub zu machen, als diese Schläger auftauchten und nach ihr suchten. Sie hätte sich noch etwas Geld leihen und in das große Unbekannte abhauen können.

Stattdessen war sie zwischen zwei großen Männern eingeklemmt, auf dem Weg zu einer mit Sprengfallen versehenen Farm mit einer unverblümten alten Dame.

Zugegebenermaßen war sie trotz ihrer Angst irgendwie aufgeregt. Derek faszinierte sie immer wieder, angefangen bei seiner großartigen Einstellung bis hin zu seinem Sinn für Humor.

Und dieser Körper ... Verdammt, dieser Körper war heiß, und seine Zunge noch besser. Sie konnte es kaum erwarten, allein mit ihm zu sein und zu beenden, was sie begonnen hatten.

Aber zuerst war es an der Zeit, nett zu Opa zu sein.

»Also, hast du einen Namen?«, fragte der Großvater.

»Athena. Und Sie sind?«

»Sag ruhig Du. Die Jungen nennen mich alle Opa. Woher kommst du?«

»Aus der Gegend von Calabogie. Meine Mutter hat eine Farm.«

»Was du nicht sagst. Unsere ist unten in der Gegend von Richmond. Ich frage mich, ob wir euer Haus kennen.«

»Das könntet ihr. *Beatrice' Honigbienen-Emporium?*«

»Was du nicht sagst.« Opa sah kurz von der Straße auf. »Oma schwört auf euer Zeug. Sie sagt, man merkt, dass sie auf die Blumen achten, von denen sie die Bienen fressen lassen.«

»Mom nimmt ihre Geschmacksrichtungen sehr ernst.« Athena hielt inne, bevor sie sagte: »Ich habe gehört, ihr baut Gras und Pilze an.«

Opa schnaubte. »Jup. Das tun wir. Wundert mich, dass der Junge dir das erzählt hat.«

Sie warf einen Blick auf Derek. »Er ist ziemlich

ehrlich. Das ist eines der Dinge, die ich an ihm mag.«

»Er sollte besser kein Lügner sein, sonst wird der Gürtel seinen Hintern küssen.« Eine geknurrte Drohung.

Derek zuckte nicht zusammen, aber er musste lachen. »Hast du das Ding immer noch?« Er stupste Athena an. »Ich wurde mit dem Mantra ›Wer sein Kind liebt, züchtigt es‹ erzogen.«

»Wurdest du oft versohlt?«

»Nicht so oft, aber oft genug. Ich konnte ein kleiner Scheißer sein.«

»Klein? Deine Oma hat dir immer noch nicht verziehen, dass du ihr Porzellan für Schießübungen benutzt hast.«

»Zu meiner Verteidigung, sie hat es nie benutzt, hat sich beschwert, dass man es ständig abstauben muss, und es ist beim Schießen richtig cool explodiert.«

Großvater schnaubte. »Ich habe nie gesagt, dass du uns keinen Gefallen getan hast.«

»Wie lange sind du und deine Frau denn schon verheiratet?«, fragte Athena.

»Bald fünfundfünfzig Jahre. Wir haben jung geheiratet. Mit achtzehn.«

»Highschool-Liebespaar?«, fragte sie.

»In gewisser Weise. Ich habe sie aus Versehen

geschwängert und musste eine ehrliche Frau aus ihr machen.«

»Oma sagt, du hast es mit Absicht getan«, warf Derek ein.

»Und wenn ich es getan habe? Sie war das schärfste Mädchen der Schule. Und klug. Zu klug für einen dummen Bauern wie mich, also habe ich ihr einen Braten in die Röhre gesteckt, damit sie mir gehört.«

Athena stand der Mund offen. »Du hast sie absichtlich geschwängert?«

»Jawohl.« Opa klang stolz. »Das Beste, was ich je getan habe.«

»Ist sie derselben Meinung?«

»Ich lebe noch, nicht wahr?«

Derek murmelte: »Ein Wunder, wenn man bedenkt, wie viel du rauchst.«

»Pah. Ich werde eher abkratzen, wenn ich jetzt aufhöre.« Opa warf ihr einen schiefen Blick zu. »Und was machst du beruflich?«

»Ich war Laborantin.«

»War? Hast du gekündigt? Die Kinder von heute bleiben nie dran«, brummte Opa.

»Eher gefeuert, da ich nicht mehr aufgetaucht bin. Nicht mit Absicht, sollte ich hinzufügen. Ich bin in Schwierigkeiten geraten.«

»Was für Schwierigkeiten?«

Sie sah Derek an, der murmelte: »Es liegt an

dir, was du preisgeben willst, aber du solltest wissen, dass Opa cool ist.«

Sie zögerte, bevor sie murmelte: »Ich wurde entführt und als Geisel gehalten von einem Arzt, der dachte, ich hätte eine interessante Genetik für seine Experimente.«

Opa versteifte sich neben ihr. »Warte, du versteckst dich vor einem Arzt?«

»Ja.«

»Hast du ihn angezeigt und verhaften lassen?«

»Wenn es nur so einfach wäre«, murmelte sie. »Sagen wir einfach, er hat Freunde in hohen Positionen. Es würde nicht gut für mich ausgehen, wenn ich mich melde.«

»Verdammte Quacksalber mit ihren Pillen. Mach dir keine Sorgen, meine Süße. Wenn dieser Doktor auf der Farm herumschnüffelt, wird er sich wünschen, Autoverkäufer geworden zu sein«, erklärte Opa.

Derek lehnte sich nahe heran und flüsterte: »Einer erledigt. Nur noch eine übrig.«

Warte, hieß das, dass sein Großvater sie mochte?

Die Fahrt dauerte nicht lange, und schon bald fuhren sie in eine lange Einfahrt. Sehr lang. Sie war von Bäumen gesäumt, und der Asphalt war nur breit genug für ein Fahrzeug. Die aufgehende

Sonne tauchte erst den Wald und dann die folgenden Felder in warme Strahlen. Die Felder waren alle gemäht und der Boden aufgewühlt, bereit für den Winter. Sie sah einige Ziegen grasen und zeigte auf sie.

»Ich wusste nicht, dass ihr Tiere habt.«

»Wir haben ein paar. Ein paar Ziegen zur Unkrautbekämpfung und gegen Giftefeu. Hühner für Eier und Fleisch. Zwei Schweine, eine Handvoll Kühe, ein paar Pferde, ein paar Hunde, ein paar Stallkatzen –«

Sie unterbrach ihn. »Das sind mehr als ein paar.«

Er grinste. »Vielleicht sollte man besser sagen, ein paar von jedem.«

»Irgendwelche Probleme mit wilden Tieren? Kojoten? Wölfe?« Das warf sie beiläufig ein, weil sie sich fragte, ob ein anderer Lykanthrop Anspruch auf diese Gegend hatte.

»Wölfe kommen nicht so nahe an die Stadt. Was Kojoten angeht …« Opa lachte. »Du solltest den Teppich in meinem Arbeitszimmer sehen, den ich aus ihrem Fell gemacht habe.«

Sie hielten vor einem großen Farmhaus. Weiß gestrichene Schindelwände. Das Dach aus grauem Metall. Die Fensterläden waren dunkelblau, passend zur Eingangstür. Ein Hund lag auf der

Veranda und rührte sich nicht, als Derek aus dem Wagen sprang, aber er hob den Kopf und knurrte, als Athena erschien.

»Sei nicht gemein zu unserem Gast, Rosy«, brüllte Opa.

Es war nicht Rosys Schuld. Sie roch das Raubtier in Athena. Aber Athena wusste, wie man mit Hunden umging. Sie näherte sich dem Hund, ging in die Hocke und säuselte: »Hey, Rosy. Wer ist ein guter Wachhund?« Süße Worte, sanfter Ton, aber sie starrte den Hund mit einem intensiven Blick an und fletschte leicht die Zähne.

Rosy stritt nicht darüber, wer der Boss war, aber sie duckte den Kopf, bevor sie sich zum Streicheln nach vorn bewegte.

Die Tür schwang auf und eine Frau brüllte: »Wo sind der kleine Bastard und sein Flittchen?« Mit schneeweißem Haar und einer dicken Statur, die zu der großen Stimme und Persönlichkeit passte, konnte es sich nur um Oma handeln.

»Genau hier, du alte Schachtel.« Derek zerrte seine Oma in eine Umarmung, die sie vom Boden abhob, und knurrte: »Sei nett zu Athena.«

»Warum? Ist sie ein Weichei, das keine Konversation verträgt?«, schnauzte Oma, als er sie auf die Beine stellte.

Athena streckte eine Hand aus. »Schön, Sie

kennenzulernen, Ma'am. Danke für Ihre Gastfreundschaft.«

»Danke mir noch nicht. Hat der Bastard dich gewarnt, dass jeder, der hier übernachtet, mit anpacken und helfen muss?«

»Es wäre mir eine Freude. Ich habe die Farm meiner Familie seit Monaten nicht mehr gesehen, es wäre also schön, mir wieder die Hände schmutzig zu machen.«

»Deine Familie hat eine Farm?«, fragte Oma misstrauisch.

»Ihre Mutter betreibt den Honigladen, den du so magst«, erklärte Opa und stapfte die Verandastufen hinauf, eine Zigarette zwischen den Lippen.

»Wirklich?« Oma musterte sie von oben bis unten. »Du siehst nicht aus wie deine Ma.«

»Ich komme nach meinem Vater.«

»Wie der kleine Bastard. Der arme Kerl. Er war nicht gesegnet. Kein bisschen.« Oma schüttelte den Kopf.

Derek nahm es ihr nicht übel, sondern grinste. »Ich mag hässlich sein, aber wenigstens habe ich Opas gutes Haar und die strahlende Persönlichkeit meiner Oma.«

Oma schnaubte. »So ein Arsch. Geh rein. Ich habe das Frühstück fast fertig. Hast du Hunger?«

»Sehr«, rief Athena aus. Sie scheute sich nicht vor dem Essen. Das Verwandeln verbrannte viele Kalorien.

»Bist du eine von diesen veganen, fleischhassenden Schlampen, die es in der Stadt gibt?«, fragte Oma, als sie den Weg nach drinnen wies.

»Auf keinen Fall. Wenn ich die Wahl hätte, für den Rest meines Lebens nur noch Gemüse oder Fleisch zu essen, würde ich mich für Fleisch entscheiden.«

»Was ist, wenn die Apokalypse alle Tiere ausrottet?«, fragte Oma, als sie die riesige Küche mit großen Holzschränken und einer Kochinsel betrat.

»Ich würde Menschen essen. Fleisch ist Fleisch.«

Oma hielt an der Theke inne, um sie anzustarren, richtete ihre Frage aber an Derek. »Wo hast du dieses Mädchen gefunden?«

»Nackt am Kanal.«

»Auf dem Strich?«

Athena hustete. »Eher auf der Flucht vor ein paar Arschlöchern, die meinten, es sei okay, mich zu entführen.«

»Du bist entkommen?« Auf Athenas Nicken hin fügte Oma hinzu: »Hast du es ihnen heimgezahlt?«

»Noch nicht. Aber keine Sorge, sie werden nicht mit dem durchkommen, was sie getan haben.«

Oma schenkte ihr ein wildes Grinsen. »Sag mir Bescheid, wenn du eine Waffe oder eine Granate brauchst. Ich habe auch einen Raketenwerfer, aber die erregen eher Aufmerksamkeit. Wie magst du deine Eier?«

»Auf einem Teller«, antwortete sie.

»Setz dich hin. Ich habe sie gleich fertig.«

Athena ließ sich in einen Küchenstuhl fallen und Derek setzte sich neben sie. Opa nahm am Kopfende des Tisches Platz, und trotz des Geräusches brutzelnder Eier machte Oma ihm einen Kaffee und drückte ihm die Tasse in die Hand. Seltsam angesichts ihrer unverblümten Art.

Als Derek ihre Überraschung sah, lehnte er sich dicht an sie heran und flüsterte: »Oma hat ein paar altmodische Ideen, und ihren Mann zu füttern ist eine davon.«

In der Tat bekam Opa den ersten Teller, dann Derek, dann Athena und dann Oma selbst.

Es war himmlisch. Fette, mit Ahornsirup beträufelte Würstchen, knuspriger Speck, Kartoffelpuffer und getoastetes Brot, bei dem sie das Gefühl hatte, dass es nicht gekauft worden war. Der Orangensaft schmeckte frisch gepresst. Sie machte ihren Teller sauber, indem sie ein viertes

Stück Toast nahm, um das flüssige Eigelb aufzusaugen.

Als sie fertig war, bemerkte sie, dass Oma sie beobachtete. »Du isst gut«, bemerkte sie.

»Das ist die Schuld der Köchin. Es war köstlich.« Athena stand auf, nahm ihren Teller und stellte ihn auf den von Derek. Dann wollte sie nach dem von Opa greifen, aber Oma hatte ihn schon.

»Ich gehe dir einen Bock schießen«, verkündete Opa.

»Nimm den Jungen mit, damit du dir nicht wieder den Rücken verrenkst.«

Derek warf Athena einen fragenden Blick zu. Sie nickte ihm leicht zu. »Es sollte ein fetter sein. Ich liebe Hirschsteak.«

Als die Männer gingen, stellte Athena sich an das Spülbecken und begann abzuwaschen. Oma trocknete ab, bevor sie sagte: »Wer verfolgt dich?«

»Ein Arzt.«

»Warum sollte ein Arzt so an einem Mädchen interessiert sein?«

»Gute Genetik?«

»Blödsinn.«

Sie zuckte mit den Schultern. »Ich weiß, es klingt verrückt, aber er war wirklich an meiner DNA interessiert. Er hat viel Blut abgenommen und Proben genommen.«

»Auf der Suche wonach?«

»Das müssten Sie ihn fragen.« Athena spülte einen Teller ab und stellte ihn auf die Ablage, bevor sie hinzufügte: »Es besteht die Möglichkeit, dass er mich hier aufspürt.«

»Ich mache mir keine Sorgen wegen eines Arztes.«

»Er wird nicht allein kommen, und die Leute, die er mitbringt, werden höchstwahrscheinlich bewaffnet sein.«

Oma kicherte. »Das bin ich auch.«

»Ich will nicht, dass meinetwegen jemand verletzt wird.«

»Und doch bist du hier.«

»Weil Derek mich gewissermaßen dazu gezwungen hat.«

Oma schnaubte. »Ich bezweifle, dass jemand dich zu irgendetwas zwingen kann.«

»Gut, ich gebe zu, ich war neugierig. Er redet viel von Ihnen.«

»Sag Du. Natürlich tut er das, wir sind seine Familie.«

Sie beendeten den Abwasch und Athena wusch die Spüle aus, bevor sie fragte: »Wie kann ich helfen?«

»Hast du Angst, dir die Fingernägel zu versauen?« Oma hatte einen verschlagenen Gesichtsausdruck, der wahrscheinlich nichts Gutes verhieß, aber Athena nahm die Herausforderung an.

»Was brauchst du?«

Offenbar musste Athena eine Art Test bestehen, weshalb Derek sie beim Ausmisten des Schweinestalls fand.

KAPITEL ACHT

»Verdammt noch mal. Warum hast du Oma nicht gesagt, dass sie sich verpissen soll?«, rief Derek aus, als er seine hübsche Athena verschwitzt vorfand, weil sie Scheiße schaufelte. Er wusste, dass Oma dahintersteckte, weil sich nie jemand freiwillig dafür meldete. Schweinescheiße stank.

»Bah. Es ist nur Kacke. Keine große Sache«, schnaubte Athena, als sie mit dem letzten Schaufeln fertig war und begann, frisches Stroh auf die Erde zu legen.

»Normalerweise ist das meine Aufgabe, und sie wusste, dass ich mich darum kümmern würde, sobald ich Opa geholfen habe, den Bock aufzuhängen«, knurrte er.

»Dann habe ich dir wohl etwas Arbeit

erspart.« Sie kletterte über den Zaun und stellte sich neben ihn. »Du scheinst zu vergessen, dass ich kein zerbrechliches Mädchen bin, das nicht arbeiten kann. Ich bin auf einer Farm aufgewachsen, schon vergessen?«

»Du bist ein Gast.«

»Der deiner Familie vielleicht Ärger einbringt. Zumindest kann ich mich nützlich machen.«

»Du bist zu nett.« Sein finsterer Gesichtsausdruck tat seiner Attraktivität keinen Abbruch. Obwohl sie sein Lächeln vorzog.

»Es macht mir nichts aus. Nachdem ich einen Monat lang eingesperrt war, ist es schön, ein wenig Bewegung zu bekommen.«

»Ich kann nicht glauben, dass sie dich so lange hatten.« Was hätte er nicht alles getan, um die kranken Wichser, die sie entführt hatten, in die Finger zu bekommen.

»Es hat ein bisschen gedauert, bis ich einen Weg gefunden habe zu entkommen.«

»Wie bist du rausgekommen?«

»Ich tat so, als wollte ich einen Wärter knallen. Stattdessen habe ich seine Zugangscodes gestohlen und bin abgehauen.«

Eine vorgetäuschte Verführung erklärte, warum sie nackt gewesen war, als sie sich trafen. »Gut, dass du einen Weg gefunden hast.«

»Und was steht als Nächstes auf der Aufgabenliste?«

»Du kannst dich hinsetzen, während ich mich um den Schornstein kümmere. Ein paar Steine müssen neu gesetzt werden, und Oma will nicht, dass Opa auf die Leiter steigt.«

»Ich helfe dir.«

»Bist du schwindelfrei?«

»Ich bin in allen möglichen Dingen gut«, säuselte sie.

Sofortige Erektion. Er erinnerte sich noch immer an ihren Geschmack und wollte nichts lieber, als wieder zwischen diese Schenkel zu kommen. »Ich hätte nichts gegen einen Aufpasser. Wir holen das Zeug aus dem Schuppen und legen los.«

Als sie über den Hof liefen, fragte sie: »Bist du nicht müde? Du bist nach deiner Arbeitsschicht nicht zum Schlafen gekommen.«

»Ich habe ein kleines Nickerchen im Bus und im Jagdstand gemacht, während Opa Ausschau gehalten hat. Ich bin es auch gewohnt, zu allen Zeiten zu arbeiten. Manchmal komme ich gerade nach Hause, wenn ich einen Anruf wegen eines Brandes erhalte. Solange ich in Bewegung bin, geht es mir gut. Aber sobald ich meinen Hintern in einen bequemen Sessel setze, wirst du ein Schnarchen hören.«

»Ich kann die Steine in Ordnung bringen, wenn du ein Nickerchen brauchst.«

»Damit Oma mir die Hölle heißmachen kann, weil ich meine Freundin meine Arbeit machen lasse? Oh, auf keinen Fall.«

»Freundin?«

Das Wort war ihm herausgerutscht, also bot er eine Tarngeschichte an. »Dich meine Freundin zu nennen könnte Oma davon abhalten, zu hart mit dir umzugehen.«

»Mir scheint, sie wird eher meine Grenzen austesten, um sicherzustellen, dass ich gut genug für dich bin.«

Scharfsinnige Beobachtung. »Als meine Freundin können wir uns ein Bett teilen.« Eine beiläufige Aussage.

»Ich dachte, du wolltest schlafen«, zwitscherte sie.

Er stolperte. »Vielleicht werde ich später noch ein Nickerchen machen, wenn das so ist.«

Sie lachte. »Du solltest besser bereit sein, denn wir haben noch etwas zu erledigen.«

Verdammt, ja, das hatten sie, und er konnte es kaum erwarten.

Während sie am Schornstein arbeiteten, dann an einem Zaun, der neuen Draht brauchte, beobachtete Derek Athena. Wie ihre Zungenspitze hervortrat, wenn sie sich konzentrierte. Wie sie lässig ihr langes Haar zurückstrich und es zu einem Knoten zwirbelte, um es aus dem Gesicht zu halten. Wie sie die Angewohnheit hatte, den Kopf nach links und rechts zu drehen und zu schnuppern. Sie witterte fast so viel wie der Hund.

Ihr Freigeist brachte ihn ein paarmal zum Lachen, vor allem als sie eine Pause einlegten und sie ein Kaninchen entdeckte und ihm hinterherlief, wobei sie so schnell war, als wollte sie es mit bloßen Händen fangen.

Später am Nachmittag, als sie mit der Arbeit fertig waren, ging er mit ihr zum Bach hinunter. Zu dieser Jahreszeit war er nicht zu tief und nicht zu schnell fließend. Aber im Frühling musste man aufpassen.

Er zog sein Hemd am Ufer aus und warf es auf einen flachen Stein. Als Nächstes ließ er die Hände zu seiner Hose wandern.

»Nacktbaden?«, fragte sie und machte wieder dieses kurze Einatmen, als würde sie die Luft testen.

»Es gibt nichts Besseres nach einem anstrengenden Tag.« Er schlüpfte aus seiner Jeans.

»Das habe ich nicht mehr gemacht, seit ich ein Teenager war«, gab sie zu, bevor sie sich ihm anschloss. Sie hatte keinerlei Skrupel, sich auszuziehen. Irgendwie liebte er das an ihr.

Er konnte seinen Ständer nicht verbergen, und sie leckte sich über die Lippen, als sie ihn ansah.

Er wackelte mit einem Finger. »Nicht jetzt. Ich habe keine Lust, Grasflecke auf den Knien zu bekommen.«

»Es gibt andere Möglichkeiten, es zu tun, ohne sich hinzulegen.«

Meine Güte, sie wusste genau, was sie sagen musste.

Er watete in den Bach in dem Wissen, wo er tiefer wurde, damit er untertauchen konnte.

Sie gesellte sich zu ihm und lachte, als sie sagte: »Es ist kalt!«

»Erfrischend«, erwiderte er.

Sie gesellte sich zu ihm, glitschig und nass, schlang die Arme um seinen Hals und drückte ihm einen Kuss auf. »Danke.«

»Wofür?«

»Für alles.«

»Bah.« Er würde keinen Dank dafür annehmen, dass er das Richtige tat. Zumal er selbst am meisten davon zu profitieren schien. Die Zeit mit Athena bereitete ihm mehr Vergnügen, als er sich hätte vorstellen können.

Bis sie ihn unter Wasser drückte.

Er kam prustend wieder hoch. »Jetzt bist du dran!«, erklärte er.

Sie planschten im Wasser, tauchten, jagten und berührten sich oft, was ein anhaltendes Kribbeln hinterließ. Abrupt hörte sie auf zu spielen und legte den Kopf schief.

»Da kommt jemand.«

Wieder hörte sie Dinge, die er nicht hören konnte, und war blitzschnell am Ufer, wobei ihr nackter Hintern leicht wackelte, als sie nicht zum Kleiderstapel, sondern in den Wald lief. Er hörte einen Schrei, einen männlichen, und er konnte sich nicht schnell genug bewegen, Schwanz und Eier schwingend, um Athena zu erreichen.

Er fand sie auf einem Mann, ein Knie auf seine Brust gepresst, ihr Gesicht finster, als sie knurrte: »Wer hat dich geschickt?«

»Niemand, Ma'am«, rief der Kerl am Boden mit vor Schreck geweiteten Augen.

»Lügner. Zwing mich nicht, dir wehzutun.«

Amüsiert kam Derek ihm zu Hilfe. »Er lügt nicht, Süße. Das ist Frank, mein Cousin zweiten Grades.«

Und seine Ankunft verhieß nichts Gutes, denn wohin Frank ging, folgte unweigerlich Ärger.

KAPITEL NEUN

Athena erhob sich langsam von dem Mann, den sie am Boden fixiert hatte. Er folgte ihr mit dem Blick und verweilte auf ihren entblößten Stellen, was Derek bemerkte. Er veränderte seine Position, um den Blick auf sie zu blockieren, bevor er blaffte: »Was soll der Scheiß, Frank?«

»Tut mir leid, Cousin. Oma hat mich geschickt, um dich zu suchen. Irgendwas mit Opa, der Hilfe braucht, um Conans Hufeisen zu überprüfen.«

»Gut. Nachricht überbracht. Sag ihnen, dass ich in ein paar Minuten da bin.«

Aber Frank ging nicht. Er erhob sich vom Boden und streckte eine Hand aus. »Wir wurden uns noch nicht richtig vorgestellt. Ich bin Frank Kennedy. Und Sie sind?«

Bevor Athena antworten konnte, knurrte Derrick: »Meine Freundin, du kannst also mit dem lüsternen Blick aufhören.«

Bei dieser Behauptung zog Frank die Augen hoch. »Ich wusste gar nicht, dass du eine Freundin hast.«

»Wahrscheinlich weil es dich nichts angeht.« Dereks Ton blieb leise und hart, was deutlich machte, dass sie nichts füreinander übrighatten.

»Entspann dich, Cousin. Ich wollte dich nicht verärgern. Ich gehe zurück zum Haus. Wir sehen uns später.«

Frank schlenderte davon, und Athena konnte sich ihre Belustigung nicht verkneifen, als sie sagte: »Du bist süß, wenn du eifersüchtig bist.«

»Ich bin nicht eifersüchtig«, brummte Derek, als er sich auf den Weg zurück zum Bachufer und zu ihren Klamotten machte.

»Was war das dann für eine Vorstellung?«

»Frank ist ein Unruhestifter.«

»Inwiefern?«, fragte sie, während sie ihre Kleidung anzog.

»Er gerät immer in Schwierigkeiten und beteuert seine Unschuld. Ladendiebstahl und die Behauptung, er habe nicht gewusst, dass er das Zeug in seine Tasche gesteckt hat. Glücksspiel. Er hat versucht, meine Großeltern dazu zu bringen, in dubiose Geschäfte zu investieren.«

»Sie scheinen zu klug zu sein, um darauf hereinzufallen.«

»Das sind sie auch, aber das hält Frank nicht davon ab, es zu versuchen. Letztes Jahr hat er versucht, sie davon zu überzeugen, die Farm zu verkaufen. Er brachte sogar einen Käufer mit. Ich dachte, Oma würde ihn umbringen.«

»Ich bin überrascht, dass sie ihm erlaubt, das Grundstück zu betreten.«

»Sie hat versucht, ihn zu verbannen, aber Opa hat Mitleid mit Frank, weil er seine Eltern bei einem Autounfall verloren hat. Er sagt, sie sind die einzige Familie, die Frank hat. Der Scheißkerl könnte verschwinden, und ich hätte kein Problem damit.« Eine intensive Abneigung.

»Bei welcher deiner Freundinnen hat er es denn versucht?« Eine wilde Vermutung, aber es war ein Gefühl.

»Bei allen. Als Teenager hat er die Sommer hier verbracht, weil seine Eltern als ehrenamtliche Helfer ins Ausland gegangen sind. Er hat sich an jedes einzelne Mädchen rangemacht, an dem ich interessiert war.«

»Ich hoffe, sie haben ihn geohrfeigt.«

»Nein.« Seine mürrische Antwort. »Frank hat

eine Art an sich, die Frauen mögen. Ganz zu schweigen von seinem Aussehen.«

»Du siehst besser aus«, stellte sie fest. Und es war die Wahrheit. Frank war ein wenig zu glatt und eingebildet. Die Art von Kerl, die dachte, er sei ein Geschenk Gottes an die Frauen. Der Typ, dem sie gern eine Ohrfeige gab.

»Das sagst du nur, weil ich dich zum Orgasmus gebracht habe«, erwiderte er leichthin.

»Das ist nur ein Bonus. Gut aussehend *und* oral begabt.«

»Du musst mein Ego nicht streicheln.«

Sie stellte sich vor Derek, um ihn zu stoppen, und sah ihm in die Augen, als sie eine Hand auf seine Kronjuwelen legte und murmelte: »Ich werde es streicheln, wenn ich will, und du wirst es lieben.«

Er schielte ein wenig, bevor er sie für einen Kuss und ein geflüstertes »Fick mich, du bist unglaublich« an sich zog.

»Ja, das bin ich. Und vergiss das bloß nicht.«

Wie unwirklich. Vor ein paar Tagen noch in Gefangenschaft und jetzt flirtete sie mit einem Typen, den sie wirklich mochte. Würde das etwas werden? Normalerweise würde sie Nein sagen. Sie ging keine Beziehungen ein, weil die meisten Typen sie ziemlich schnell nervten. Aber bisher faszinierte Derek sie nur immer mehr.

Ihre Schwester würde sich kaputtlachen, sie verliebt zu sehen. Während Selene sehr an Romantik und Liebe glaubte, war Athena noch nie davon betroffen gewesen.

Bis jetzt.

Als sie das Haus erreichten, schickte Derek sie nach oben, um zu duschen und sich umzuziehen, denn es gab nur ein Bad. Sie hatte versucht, ihn zu überreden, sie zu begleiten, aber er schüttelte den Kopf. »Ich würde ja gern, aber kannst du dir die Reaktion von Oma vorstellen?«

Die alte Dame hätte wahrscheinlich eine Menge zu sagen, aber das wäre es wert gewesen.

Athena duschte schnell und zog sich eine schlecht sitzende Jeans an – die Form der Jeans entsprach der ihres letzten Besitzers, bevor sie im Secondhandladen landete – und einen Kapuzenpulli mit der Aufschrift *Abschlussklasse 2017*. Sie würde wirklich etwas an ihrer Garderobe ändern müssen.

Sie machte sich auf den Weg nach unten, wo sie Derek in der Küche vorfand, während Frank auf einem Hocker saß und Oma beim Kochen am Herd unterhielt.

»... und ich habe dem Kerl gesagt, dass ich auf keinen Fall so viel für eine Fälschung bezahlen werde. Und dann fragt er: ›Na ja, wie viel würden Sie denn zahlen?‹«

Derek sah sie eintreten und rollte mit den Augen. Sie grinste und schlenderte dann, weil Frank innegehalten hatte, um sie zu beobachten, zu Derek und drückte ihm einen Kuss auf die Lippen. »Die Dusche gehört ganz dir, Schatz.«

»Das mache ich später.«

Oma wirbelte am Herd herum, den Kochlöffel in der Hand. »Du gehst jetzt, stinkender Bastard.«

»Ich schätze, das Bad im Bach hat dich schmutziger gemacht als erwartet«, spottete Frank.

»Das würde ich nicht sagen«, erwiderte Athena. »Ich fühle mich sehr erfrischt. Es ist sehr gut, um Spannungen abzubauen.« Sie waren zwar nicht zum Höhepunkt gekommen, aber das wären sie, wenn sie nicht unterbrochen worden wären. Und ehrlich gesagt hatte ihr Spiel sie sehr entspannt.

Frank stand der Mund offen, und Derek tat sein Bestes, um nicht zu lachen, aber sie bemerkte das Glühen in seinen Augen. Wahrscheinlich erinnerte er sich an ihr Versprechen für heute Abend.

Derek stand auf. »Ich bin gleich wieder da.« Er warf Frank einen Blick zu. »Versuche, kein Arschloch zu sein.«

»Wer, ich?« Frank fasste sich an die Brust.

»Du kannst ihn gern für mich ohrfeigen«, sagte Derek zu Athena, als er ging.

»Komm und erzähl mir von dir.« Frank klopfte auf den Sitz neben sich. Athena setzte sich zu ihm an die Insel, ließ aber einen Hocker zwischen ihnen frei. Sie hatte zwar kein Interesse an dem Kerl, aber sie wollte nicht, dass Derek dachte, es könnte so sein. Nicht angesichts ihrer Vergangenheit.

»Und als was arbeitest du?«, fragte sie und nahm mit Freuden die frische Scheibe Brot, die Oma ihr auf einem Teller reichte, bereits mit Butter bestrichen. Und warm. Oh mein Gott, es war frisch gebacken. Während sie genüsslich kaute, beachtete Athena Frank kaum.

»Im Moment warte ich auf das nächste Projekt.«

»Arbeitslos. Wie überraschend«, murmelte sie.

Er runzelte die Stirn, weil er den Seitenhieb spürte, aber nicht wusste, wie er darauf reagieren sollte. »Ich mag Abwechslung. Ich will mich nicht langweilen. Was ist mit dir?«

»Ich bin Laborantin.«

»Ich hätte dich für ein Model gehalten«, erklärte er lächelnd.

»Oh nein. Ich würde lieber etwas tun, bei dem ich nicht zum Objekt gemacht werde«, rief sie aus.

»Bist du sicher?«, beharrte Frank. »Ich habe ein paar Kontakte, die ein paar Probeaufnahmen machen und sie an die richtigen Leute schicken könnten.«

»Die dann behaupten würden, ich müsse jemandem einen blasen oder ihn vögeln, um einen Job zu bekommen. Nein danke.«

»Was?«, keuchte Frank.

»Ich weiß, wie das Showbusiness funktioniert, und ich bin nicht daran interessiert, auf die Knie zu gehen, um Geld zu verdienen.«

Oma blieb still. Das war eine Überraschung.

Frank war das schmierige Grinsen vergangen. »Entschuldige, dass ich versuche zu helfen.«

Er spielte das Opfer. Wie vorhersehbar. Athena legte den Kopf schief. »Also, wie viele Baby-Mamas hast du? In Anbetracht deines Alters, Ende dreißig, würde ich sagen, mindestens drei.«

»Ich bin erst einunddreißig!«, stotterte er.

»Du hast die Frage nicht beantwortet.«

Frank funkelte sie an, und Oma drehte sich um, um zu antworten. »Er ist schon bei vier und will sich trotzdem nicht schnippeln lassen.«

Athena machte ein abfälliges Geräusch. »Manche Männer sind so unverantwortlich.«

»Unfälle passieren«, jammerte Frank.

»Viermal?«, prustete Athena. »Du bist überhaupt nicht wie Derek.«

»Gott sei Dank«, murmelte Frank.

»Ja, denn warum solltest du gut aussehen, anständig und witzig sein wollen?«

»Derek ist nicht witzig!«, schnaubte der nervige Cousin.

»Dann hast du wohl keinen Sinn für Humor.« Daraufhin ignorierte sie Frank und wandte sich an Oma. »Es tut mir leid. Wie unhöflich von mir, einfach hier zu sitzen und dein köstliches Brot zu essen. Wie kann ich mit dem Essen helfen?«

Eine Sekunde lang schien Oma ihr Angebot ablehnen zu wollen, dann zeigte sie auf etwas. »Das Besteck liegt in der Schublade. Gläser und Teller sind darüber im Schrank.«

Athena deckte den Tisch und ignorierte den schmollenden Frank, und so fand Derek sie vor, das Haar nass und glatt, die Haut noch feucht von der Dusche. Er sah sie an und wirkte überrascht.

Was, hielt er sie etwa nicht für fähig, sich zu benehmen? Mama hätte ihr den Hintern versohlt, wenn sie Athena als unhöflichen Gast erwischt hätte.

Das Abendessen war interessant. Oma sprach hauptsächlich mit Athena und Derek. Opa schaufelte das Essen in sich hinein. Frank versuchte immer wieder, das Gespräch zu dominieren, aber Athena ignorierte ihn mehr oder weniger.

Der Apfelkuchen zum Nachtisch füllte ihren Bauch gut, und als Oma sie und Derek auf die

Veranda scheuchte und ihr Angebot ablehnte, beim Abwaschen zu helfen, lehnte Athena sich auf der Zweisitzer-Schaukel an ihn.

»Deine Großeltern sind nett«, murmelte sie.

»Aber nur, weil sie dich mögen.«

»Woher weißt du das?«, fragte sie.

»Weil Oma nie jemanden in der Küche helfen lässt.«

Das erklärte seinen Gesichtsausdruck, als er sie dabei erwischte, wie sie den Tisch deckte.

»Aber dein Cousin ist ein Arsch.«

»Hab ich dir doch gesagt«, erwiderte er.

»Ich kann nicht glauben, dass jemand, der bei Verstand ist, ihn dir vorzieht.«

»Sie waren wohl nicht so schlau wie meine Süße«, neckte er.

»Und blind sind sie auch. Du bist viel heißer.«

»Lass uns ins Bett gehen«, sagte er plötzlich.

»Ich dachte schon, du würdest nie fragen.«

Sie gingen hinauf in sein Zimmer, das große Bett groß genug für zwei. Aber sie fickten nicht. Die Müdigkeit und das Essenskoma setzten ein, und Athena kuschelte mit ihm.

Ja, sie kuschelte mit einem Mann, und es machte ihr nicht das Geringste aus.

Obwohl sie den Hahn, der sie in aller Herrgottsfrühe weckte, hätte umbringen können.

Aber dann verzieh sie ihm, als Derek begann,

ihren Hals zu küssen. Sie drehte sich im Bett um und griff unter die Decke, um ihn zu packen.

»Das würde ich an deiner Stelle nicht tun.«

»Du hast Angst, dass du explodierst.«

»Jaaaaa«, stöhnte er.

Sie streichelte weiter, und er knurrte: »Göre. Und jetzt sei still.«

Athena wollte gerade fragen warum, als er unter der Decke verschwand.

»Bin ich wieder dran?«, flüsterte sie.

Anstatt zu antworten, positionierte er sich zwischen ihren Oberschenkeln. Als er zum ersten Mal mit der Zunge über ihre Muschi leckte, steckte sie sich eine Faust in den Mund. Selbst dann machte sie noch Geräusche. Wie sollte sie auch nicht, wenn er sie verwöhnte und ihre Schamlippen spreizte, um sie zu reizen und zu necken. Er tauchte mit der Zunge ein und schnippte dann an ihrer Klitoris. Als sie die Hüften zu bewegen begann, umklammerte er sie mit den Lippen und wurde fast k. o. geschlagen, als sie zuckte.

Sie schaffte es zu keuchen: »Ich will dich in mir haben, bevor ich komme.«

»Warte mal, ich brauche ein Kondom.« Er schnappte sich eines vom Nachttisch und hatte es in Sekundenschnelle übergezogen.

Er kroch ihren Körper hinauf, bis seine Lippen

die ihren trafen. Als sie sich küssten, drückte sein harter Schwanz gegen ihre Muschi.

Sie wackelte, bis die Spitze dort war, wo sie ihn haben wollte.

In ihr.

Er vergrub das Gesicht an ihrer Schulter, während er stieß, seine Atmung genauso unregelmäßig wie ihre, während er in sie glitt und sein dicker Schaft sie ausfüllte. Die Wölbung an der Spitze? Pures Vergnügen, als sie gegen ihren G-Punkt stieß.

Er glitt hinein und hinaus, die Stöße tief und hart, und sie klammerte sich an ihn. Klammerte sich an ihn, während er sie ritt. Klammerte sich an seinen Schwanz, während er ihn bewegte.

Als sie kam, waren seine Lippen da, um ihren erstickten Schrei aufzufangen.

Danach hielt er sie fest, drehte sie so, dass sie auf ihm lag, und streichelte träge ihren Rücken, bis sie seufzte.

Das führte dazu, dass Derek murmelte: »Das nenne ich einen guten Start in den Morgen.«

Ein guter Start in den Tag.

Woraus eine Woche wurde.

Derek ließ sich von der Arbeit freistellen. Gemeinsam halfen sie auf der Farm, und die vertrauten Aufgaben wirkten beruhigend.

In der zweiten Woche erhielt sie eine Nachricht

auf ihrem neuen Online-Konto, die andeutete, dass ihre Mutter und ihre Geschwister nach Hause zurückgekehrt waren. Ares hatte die Farm beobachtet und sagte, die Luft sei rein. Vielleicht hatte Rogers aufgegeben. Da sie in Derek versunken war, hatte sie ihren Racheplan auf Eis gelegt. In gewisser Weise sollte sie Rogers danken. Er hatte maßgeblich dazu beigetragen, dass sie Derek kennengelernt hatte.

In der dritten Woche hatte sie sich an die Routine mit Derek und seinen Großeltern gewöhnt. Eine große, glückliche Familie – bis auf den Cousin, der am Tag nach seinem Besuch abgereist war. Oma war sogar mit ihr in die Stadt gefahren, um ihr ein paar nicht so hässliche Kleidungsstücke zu kaufen, denn sie hätte sie sich mit ihrer Arbeit mehr als verdient.

Als sie in die vierte Woche kamen und der Vollmond nahte, wurde ihr die Realität bewusst.

Wie sollte sie die bevorstehende Verwandlung vor Derek verbergen? Sie verbrachten die meiste Zeit miteinander. Sie schliefen jede Nacht zusammen. Er würde es bemerken, wenn sie sich davonschlich.

Obwohl es sie innerlich ein wenig quälte, musste sie lügen. »Ich muss für einen Tag weg«, sagte sie zu ihm, als sie aneinandergekuschelt im Bett lagen.

»Warum?«, fragte er und streichelte ihren Arm, während er sich an sie schmiegte.

»Familienangelegenheiten. Es wird nur für eine Nacht sein.«

»Soll ich mitkommen?«

»Nein. Es ist etwas Persönliches.«

Er versteifte sich. Wahrscheinlich war er beleidigt.

Mit welcher Ausrede konnte sie das Problem lösen? »Es hat mit meiner Schwester zu tun. Eine Mädchensache.«

Er entspannte sich. »Kann ich dich wenigstens hinbringen?«

Sie erlaubte es und ließ sich von ihm in Calabogie am *Redneck Bistro* absetzen. Sie winkte, als er wegfuhr.

Und hoffte wirklich, dass sie ihn nicht zum letzten Mal gesehen hatte.

KAPITEL ZEHN

Dass Athena Derek nicht in der Nähe haben wollte, während sie sich mit ihrer Schwester traf, störte ihn. Dieser letzte Monat war unglaublich gewesen. In Athena hatte er jemanden gefunden, der ihn in jeder Hinsicht ansprach. Es war nicht nur der großartige Sex. Es war die Art, wie sie redeten und scherzten, ihre Arbeitsmoral, die Art, wie sie mit seinen Großeltern auskam. Sogar sein Vater war ein paarmal auf der Farm gewesen und hatte Derek unter vier Augen erklärt: *»Sie ist ein Fang.«*

Er stimmte dem zu, bis auf eine Sache.

Athena hatte ein Geheimnis, und er hatte das Gefühl, dass es mit dem Grund zu tun hatte, warum sie entführt und gefangen gehalten worden war – ein Ereignis, über das sie immer noch nicht im Detail sprechen wollte. Er hatte versucht, sie zu drängen und sie direkt zu fragen, aber sie log und sagte, sie wisse nicht, warum sie ausgewählt wurde. *»Ich schätze, ich passe in ein Profil«*, war ihre Antwort.

Aber er musste sich fragen: Könnte es an ihrem wahnsinnig guten Gehör liegen? Sie war mit ihm auf die Jagd gegangen und wusste immer lange vor ihm, wann ein Truthahn oder ein Bock auf den Ansitz zusteuerte.

Ihr Geruchssinn? Mehr als einmal hatte sie ihn zu einer Stelle geführt, von der sie sagte, dass sie Glück brachte. Was auch immer sie suchten – Moorhühner zum Kochen, Kojoten, die die Hühner belästigten, eine verirrte Ziege –, sie schien sie jedes Mal zielsicher zu finden.

Das waren nicht die einzigen Merkwürdigkeiten. Sie war stark. Stärker, als eine Frau ihrer Größe sein sollte. Sie war schnell, schnell genug, um einen Fisch mit bloßen Händen zu fangen, und lachte, als sie ihn ihm am Ufer zuwarf. Sie jagte gern Kaninchen und sogar gelegentlich ein Eichhörnchen. Und als er ihr einen langen Kuss gab, klopfte sie mit einem Fuß auf den Boden.

Vielleicht war sie in einem anderen Leben ein Hund gewesen?

Jetzt war er einfach nur albern und

überreagierte wahrscheinlich. Athena würde ihm ihr Geheimnis verraten, wenn sie dazu bereit war. Er musste nur geduldig sein.

Während sie mit ihrer Schwester abhing, fuhr er in die Stadt, um nach dem Rechten zu sehen. Seine Wohnung schien unangetastet. Vielleicht waren sie umsonst paranoid gewesen.

Als er sich umsah, überlegte er, ob er die Wohnung aufgeben sollte. Da er seinen Job im Lagerhaus gekündigt und seinen Status als freiwilliger Feuerwehrmann in die Gemeinde seiner Großeltern verlegt hatte, gab es keinen Grund, weiter dafür zu zahlen. Ganz zu schweigen davon, dass sie nicht ewig auf der Farm leben konnten. Als Paar brauchten sie ihren eigenen Raum. Ein Schlafzimmer, in dem er mit ihr schlafen und sie ihre Freude ausdrücken konnte. Ein Wohnzimmer, in dem sie auf der Couch kuscheln und das sehen konnten, was ihnen gefiel, und nicht das allabendliche *Jeopardy* und *Glücksrad*. Ein Raum, in dem sie wirklich sie selbst sein konnten.

Vielleicht würde er nach Athenas Rückkehr vorschlagen, dass sie sich eine Wohnung in der Stadt mieten sollten. Dann könnten sie immer noch nahe genug sein, um Hausarbeiten zu erledigen und dafür bezahlt zu werden – seine Großeltern glaubten an die Bezahlung für gut gemachte Arbeit. Wie Opa sagte: »*Dich bezahlen* oder den Idioten, der doppelt so lange braucht? Du bist billiger.«

Derek verließ seine Wohnung, nachdem er ein paar Sachen eingepackt hatte, und machte sich auf den Weg zur Straße, wo er Opas Wagen geparkt hatte. Als er auf den Fahrersitz kletterte, bemerkte er einen Lieferwagen, der auf der anderen Straßenseite stand. Unbeschriftet, getönte Scheiben. Wahrscheinlich ein Handwerker. Trotzdem behielt er ihn im Rückspiegel im Auge, bis er um die Ecke bog. Er rührte sich nicht, und er lachte innerlich über seine Paranoia.

Es war schon Wochen her, dass Athena entkommen war. Höchstwahrscheinlich hatte der Arzt, der sie entführt hatte, seine Suche aufgegeben und war zu seinem nächsten Opfer weitergezogen.

Das führte zu seiner anderen Sorge. Warum ging Athena nicht zur Polizei? Warum wollte sie nicht, dass dieser Arzt und seine Komplizen verhaftet wurden? Als er gefragt hatte, hatte sie einfach gesagt: »*Sie sind zu schlau, um sich erwischen zu lassen. Selbst wenn die Beamten zuhören würden, stünde mein Wort gegen seins.*«

Derek kehrte zur Farm zurück und war den Rest des Tages und der Nacht beschäftigt. Athena hatte ihn gebeten, sie am Morgen an derselben Stelle abzuholen.

Er rechnete schon fast damit, dass sie nicht

kommen würde, aber zu seiner Freude saß sie an einem Tisch und lächelte ihm zu, als er das Restaurant betrat.

Sie erhob sich, um ihn mit einem Kuss zu begrüßen, bevor sie sich wieder setzte. »Frühstück?«

Er hatte bereits gegessen, setzte sich aber trotzdem und nickte. »Wie geht es deiner Schwester?«

»Gut. Der ganzen Familie geht es gut.« Sie hielt inne. »Ich habe ihnen von dir erzählt.«

»Oh, und was hast du gesagt?«

»Dass ich einen heißen Feuerwehrmann mit einem fantastischen Schwanz kennengelernt habe und wir es wie die Karnickel treiben.«

Er schnaubte. »Klingt ungefähr richtig.«

»Eigentlich habe ich gesagt, dass du ein wirklich guter Kerl bist und dass wir bald vorbeikommen würden, damit du sie kennenlernen kannst.«

»Wirklich?« Er musste überrascht geklungen haben.

Sie wirkte fast schüchtern, als sie sagte: »Ja. Sie waren ein bisschen schockiert. Ich habe noch nie einen Mann mitgebracht. Du wirst der erste sein.«

Er wäre fast geplatzt, als er das hörte. »Wann immer du bereit bist, Süße. Keine Eile.«

Ihre Lippen zuckten. »Du bist immer so

verständnisvoll, und deshalb habe ich ein schlechtes Gewissen, weil ich dich gestern weggeschickt habe.«

»Ich verstehe schon. Du beschützt deine Familie.«

»Und doch hast du mich gleich deiner vorgestellt.«

»Wegen der Umstände. Glaub mir, normalerweise hätte ich dich von Oma ferngehalten.«

»Ich liebe sie.«

»Und sie mag dich, was ein Wunder ist.«

»Meine Familie wird dich auch mögen. Ich will nicht, dass du denkst, ich würde mich für dich schämen oder so.«

»Schämst du dich für den heißen Feuerwehrmann mit dem epischen Schwanz?«

Ihr Lachen erwärmte ihn immer. »Ich bin so froh, dass wir uns getroffen haben.«

Er auch. Aber Derek wurde eine nagende Angst nicht los. Die Angst, dass sie ihn verlassen würde und er in sein tristes Dasein zurückkehren müsste.

Sie aßen und machten sich auf den Rückweg zur Farm, wobei er die Idee eines Auszugs ins Gespräch brachte. »Was hältst du davon, wenn wir uns eine eigene Wohnung suchen?«

»Zurück in die Stadt ziehen?«

»Eine Möglichkeit, oder wir könnten in der Nähe der Farm bleiben.«

»Ich liebe es, dort draußen zu arbeiten, und ich hätte nie gedacht, dass ich das mal sagen würde, aber ich vermisse die Stadt irgendwie. Die Kochkünste deiner Oma sind fantastisch, versteh mich nicht falsch, aber manchmal sehnt sich ein Mädchen nach Surf and Turf oder handgerolltem Sushi, und Richmond ist nicht gerade eine Hochburg für Restaurants.«

»Das erklärt kurz und bündig, warum ich überhaupt weggezogen bin.« Er lachte. »Meine Wohnung ist zwar nicht riesig, aber wir könnten es schaffen, bis wir eine größere Wohnung gefunden haben, wenn du wirklich in die Stadt willst.«

Sie biss sich auf die Lippe. »Glaubst du, es ist sicher?«

Zeit, reinen Tisch zu machen. »Ich bin gestern vorbeigefahren, um nachzusehen.«

»Du hast was getan?«, rief sie aus.

»Es ist alles in Ordnung. Es wurde nichts angerührt, und ich habe niemanden gesehen, der das Gebäude beobachtet hat.«

Sie trommelte mit den Fingern auf ihrem Bein. »Du bist ein Risiko eingegangen.«

»Wir können uns nicht ewig verstecken«, antwortete er leise.

»Ich weiß.« Sie seufzte. »Aber es war so schön.«

Das war es. Warum versuchte er also, es zu ruinieren?

»Wir müssen uns nicht sofort entscheiden.«

»Kann ich darüber nachdenken?«

»Nimm dir so viel Zeit, wie du brauchst«, bot er an.

Als er vor dem Haus seiner Großeltern hielt, bemerkte er den geparkten Wagen seines Cousins und stöhnte. »Nicht schon wieder.«

»Machst du Witze? Juhu. Ich frage mich, was ich diesmal tun kann, um ihn zu ärgern.« Athena machte sich einen Spaß daraus, Frank zu verspotten. Es war unterhaltsam, Frank dabei zuzusehen, denn normalerweise fraßen ihm die Frauen aus der Hand.

Als Derek die erste Stufe der Veranda erreichte, piepte sein Telefon. Er warf einen Blick darauf. »Verdammt. Ich muss los. Es brennt, und ich werde zum Dienst gerufen.«

»Geh und rette die Welt, Schatz. Ich komme schon klar.« Sie strich mit den Lippen über seine. »Ich werde später bereit sein, um meinem Helden zu danken.«

Oh verdammt, ja. »Sag meinen Großeltern, wo ich hingegangen bin.«

»Mach ich. Sei vorsichtig«, murmelte sie.

Das würde er sein, denn sie war es wert, nach Hause zu kommen.

Das Feuer erwies sich als groß, da es in einer alten Scheune ausgebrochen war und dann auf die nahe gelegenen Felder übergegriffen hatte. Die trockenen Halme brannten, nachdem der Mais geerntet worden war, und stießen schwarzen Rauch aus.

Derek musste mit anderen einen Graben ausheben, eine schweißtreibende Arbeit in schwerer Ausrüstung. Die Feuerschneise half jedoch, das Feuer einzudämmen, auch wenn es ein paar Stunden dauerte.

Als sie fertig waren, machten sie sich auf den Weg zum Feuerwehrhaus, und Derek stellte sich für eine Dusche an, um das Schlimmste von seiner Haut abzuwaschen. Während die Mannschaft ihren Sieg mit einer Pizza feierte, machte Derek sich auf den Weg, denn er wollte unbedingt zurück zur Farm und zu Athena.

Aber irgendetwas stimmte nicht.

Franks Wagen war in der langen Einfahrt von irgendetwas gerammt worden und stand quer über die Einfahrt. Die Fahrerseite war aufgerissen und zeigte, dass der Airbag ausgelöst worden war.

Derek runzelte die Stirn und prüfte sein Handy. Kein Empfang.

Überhaupt keiner.

Nicht normal. Da er Franks Wagen nicht bewegen konnte, stieg er aus und lief los. Er ignorierte seine schmerzenden Muskeln, ignorierte alles angesichts seiner plötzlichen Angst.

Er stürmte zum Haus, und als er die Tür aufriss, hörte er zuerst Frank, der schrie: »Töte mich nicht.«

Er fand seinen Cousin in der Küche, an einen Stuhl gefesselt, und Oma stand mit grimmigem Blick, einem blauen Auge und ihrem Fleischklopfer in der Hand vor ihm.

Opa saß auf einem Stuhl, mit einem Eisbeutel am Kiefer, das Gewehr zwischen den Beinen, und funkelte Frank ebenfalls an.

Ein mulmiges Gefühl überkam Derek, als er knurrte: »Was ist passiert? Wo ist Athena?«

Noch bevor Oma den Mund öffnete, wusste Derek es. »Die Wichser haben sie erwischt, und es ist alles Franks Schuld.«

KAPITEL ELF

Athena sah zu, wie Derek die Farm verließ, um ein Feuer zu bekämpfen, und wünschte sich, sie könnte mit ihm gehen. Sie hatte ihn vermisst. Es war das erste Mal seit einem Monat gewesen, dass sie nicht zusammen geschlafen hatten. Doch ihr pelziges Geheimnis ließ ihr keine andere Wahl. Früher war es so gewesen, dass die Ankunft des Vollmondes sie mit Freude erfüllte. Sie verwandelte sich und lief los, um durch die Nacht zu jagen.

Aber Dr. Rogers und Derek hatten das alles geändert. Sie fürchtete, dass einer von ihnen ihr Geheimnis erfahren könnte. Wenn Rogers sie entlarvte, wäre das Leben, wie sie es kannte, vorbei. Und wenn Derek es herausfand, würde er ihre

Lykanthropie akzeptieren? Denn wenn er es nicht täte, müsste sie vielleicht das Undenkbare tun. Nun, das würde sie wahrscheinlich nicht. Ares würde es für sie erledigen, wenn sie ihn darum bat, aber sie hoffte wirklich, dass es nie dazu kommen würde. Sie hoffte wirklich, dass das Band, das sie geknüpft hatten, der Tatsache standhalten würde, dass sie mehr als ein Mensch war.

Sie erinnerte sich noch daran, wie ihr Vater in jungen Jahren mit ihnen darüber gesprochen hatte, dass sie es niemals jemandem erzählen dürften. Daraufhin hatte sie geantwortet: »*Mom weiß es.*«

»*Ich hatte keine andere Wahl, als es ihr zu sagen, weil du dich von Geburt an bei Vollmond verwandelt hast. Du hättest sie schreien hören sollen, als sie einen Wolfswelpen im Kinderbettchen fand. Zum Glück ist deine Mutter großartig.*«

»*Und wenn sie es nicht gewesen wäre?*«, hatte sie gefragt.

Er hatte die Mundwinkel nach unten gezogen. »*Dann wären wir nicht die Familie, die wir heute sind.*«

Trotz seiner Liebe zu Mom hätte er alles getan, was nötig war, um Athena in Sicherheit zu bringen. Und sie konnte nicht weniger für ihre Familie tun. *Bitte, lass es nicht so weit kommen.*

Diese Gedanken verfolgten sie in dieser Nacht, als sie mit ihrer Schwester an einem Ort lief, der ein gutes Stück von ihrem Zuhause entfernt war und wo niemand sie sehen konnte. Ein verlassenes Grundstück, das Haus schon lange vernagelt und von der Straße aus nicht zu erkennen.

Durch ihre Ablenkung stolperte sie in einen Bach und prustete Wasser aus. Sie verfehlte das fette Kaninchen, das ihr in den Weg hüpfte. Sie legte sich hin und seufzte im Mondlicht.

Ihre Taten blieben nicht unbemerkt.

Am nächsten Morgen, nachdem sie wieder in Menschen verwandelt waren, rief ihre Schwester sie zu sich, als sie die Kleider anzogen, die sie im Kofferraum von Selenes Wagen gelassen hatten.

»Warum schaust du so trübselig?«, fragte Selene, als sie zurück in die Stadt fuhren. »Ich dachte, du hättest gesagt, es sei alles in Ordnung.«

»Besser als in Ordnung. Großartig. Ich bin nur müde.«

»Bist du das? Ist etwas passiert? Geht es um den Arzt?«

»Ich habe nichts mehr gesehen oder gehört, seit ich die Stadt verlassen habe.«

»Dann muss es um den Kerl gehen, der dich gerettet hat.«

»Wohl kaum gerettet.«

»Schön ausgewichen und klargestellt. Du schmachtest nach deinem Freund.«

»Ich schmachte nicht.«

»Es ist kein Verbrechen zuzugeben, dass du ihn vermisst.«

»Wie kann ich ihn vermissen, wenn wir erst seit einem Tag getrennt sind?«

»Wenn das so ist, dann verbringe den Tag auf der Farm. Wir können dich reinschmuggeln. Der kleine Besuch bei Mom gestern hat kaum ausgereicht, um alle Neuigkeiten auszutauschen. Und Ares hast du völlig verpasst, weil er bis zum Abendessen auf der Arbeit war.« Sie waren am späten Nachmittag losgefahren, um sicherzugehen, dass sie bei ihrem nächtlichen Ausflug keinen Verfolger hatten. Ares war in der Nähe geblieben und hatte sich im Keller versteckt, um ein Ohr auf ihre Mutter zu haben.

»Es ist zu riskant.«

»Nicht wenn wir dich wieder in den Kofferraum stecken, wo niemand dich sehen kann«, konterte Selene.

»Ich kann nicht. Derek holt mich gegen neun ab.«

»Schreib ihm eine SMS und frag ihn, ob er später kommen kann.«

Als Athena sich auf die Lippe biss, um sich eine Ausrede zu überlegen, sang Selene: »Athena ist verliebt.«

»Bin ich nicht!« War sie das? Sie konnte nicht

leugnen, dass sie es nicht erwarten konnte, ihn zu sehen. Sie dachte ständig an ihn.

»Ich kann es kaum erwarten, den Kerl zu treffen, der dich endlich dazu bringt, dich wie ein Schulmädchen zu benehmen«, krähte Selene lachend.

»Ich bin fast dreißig. Kaum noch ein Kind«, betonte Athena.

»Gut, du bist eine erwachsene Frau, die total verliebt ist.« Selena klopfte auf das Lenkrad und schnaubte. »Verdammt, er muss etwas Besonderes sein.«

»Das ist er«, gab sie leise zu.

»Wann können wir ihn treffen?«

»Wenn es sicher ist.«

»Und woher willst du wissen, ob es sicher ist, aus dem Versteck zu kommen?«

Athena hatte keine Ahnung. Auf der Farm hatten sie keine Probleme gehabt. Weder bei seinen Großeltern noch bei ihrer Familie. Das Posting im Dark Web mit dem Kopfgeld schien verschwunden zu sein, oder zumindest tauchte es nirgendwo auf, wo Derek nachschaute. Aber wie er anmerkte, hatte er keinen Zugang zu allen Foren oder Anschlagtafeln.

Könnte es sein, dass Dr. Rogers aufgegeben hatte? Er schien nicht der Typ dafür zu sein, aber sie hatte sich ja auch entschieden, ihn nicht zu verfolgen. Ihre Rachepläne verflüchtigten sich angesichts ihrer aufkeimenden Beziehung zu Derek.

Derek ...

»Du tust es schon wieder«, warf Selene ihr vor.

»Was?«

»Dieser rehäugige Blick. Du hast an ihn gedacht.«

»Meinetwegen. Das habe ich. Ich mag ihn, und zwar sehr.«

»Ich wusste es«, schnaubte Selene und schlug erneut auf das Lenkrad.

»Du bist nervig«, brummte Athena.

»Ich weiß. Das ist mein Job als deine kleine Schwester.«

»Können wir das Thema wechseln?«

Sie hatten über Nebensächlichkeiten gesprochen. Selenes Frustration über die Dating-Welt. Darüber, dass Ares schon wieder einer Frau das Herz gebrochen hatte. Moms bevorstehende Reise nach Mexiko.

Ihre Umarmung war eng gewesen, als Selene Athena unweit des Restaurants abgesetzt hatte. Athena hatte sich einen Fensterplatz ausgesucht, um ihn anfahren zu sehen. Das Lächeln, das sich beim Anblick von Derek auf ihren Lippen ausbreitete, wurde durch die Beklemmung auf seinem Gesicht gedämpft.

War er sauer?

Sein Gesichtsausdruck verwandelte sich in pure Freude, als er sie sah.

Er hatte sie auch vermisst. Nicht nur sie vermisst. Auf der Rückfahrt hatte er das Thema einer gemeinsamen Wohnung angesprochen. Zum ersten Mal in ihrem Leben wollte Athena diesen großen Schritt wagen. Schließlich lebten sie schon seit einem Monat zusammen, obwohl es sich eher wie ein Urlaub anfühlte, da sie bei seinen Großeltern zu Gast waren. Vielleicht wäre es an der Zeit, dass sie es wirklich versuchten.

Sie würde es ihm sagen, wenn er von der Brandbekämpfung zurückkam. Das Rumpeln seines abfahrenden Wagens verstummte, und sie sah sich das Haus an. Ihre Melancholie würde sich wahrscheinlich bessern, wenn sie seinen Cousin ärgerte.

Athena betrat das Farmhaus und fand Frank mit Opa in der Küche sitzend vor, wo er einen Kaffee trank. Oma stand an der Theke und rollte mit finsterer Miene Teig aus.

»Da bist du ja.« Franks Begrüßung mit einem viel zu strahlenden Lächeln. »Ich hatte gehofft, dich zu sehen.«

Athena ignorierte ihn, um sich an Opa zu wenden. »Derek hat mir gesagt, ich soll dir sagen, dass er zu einem Brand gerufen wurde und den Wagen genommen hat.«

»Ich schätze, wir werden nicht in den Garnladen fahren«, verkündete Opa mit gespieltem Bedauern.

Oma funkelte ihn an. »Ich schwöre, das machst du jedes Mal absichtlich, wenn ich dahin will.«

»Hey, das war nicht meine Schuld.«

Frank ließ seinen Schlüssel baumeln. »Du kannst dir gern meinen Wagen ausleihen. Ich werde mit Athena abhängen, während du unterwegs bist.«

»Ich fahre diesen ausländischen Wagen nicht«, erklärte Opa. »Hybrid-Schwachsinn. In der Apokalypse wird es keine Ladestationen geben. Benzinfahrzeuge werden der Schlüssel sein. Vor allem solche ohne diese ganze ausgefallene Scheiß-Elektronik.«

»Wenn du deine Meinung änderst ...« Frank warf den Schlüssel auf den Tisch.

»Niemals!«

Athena biss sich auf die Lippe, um Opas Empörung nicht zu ruinieren. »Ich werde nach den Pferden sehen, da Derek heute Nachmittag nicht da ist«, bot Athena an.

Opa nickte. »Du weißt ja, wo das Futter ist. Ich komme gleich raus und helfe dir. Ich warte nur darauf, dass der Hasch-Brownie anschlägt.« Seine Vorstellung von Schmerzbehandlung war eine pflanzliche Variante.

Als Athena gehen wollte, trat Frank plötzlich zu ihr. »Ich werde dir helfen.«

»Ich brauche keine Hilfe«, murmelte sie.

»Dann leiste ich dir Gesellschaft«, beharrte er und begleitete sie zur Scheune.

»Hast du nichts Besseres zu tun?«

»Ich dachte, wir könnten uns besser kennenlernen.«

»Warum?«, fragte sie unhöflich.

»Nun, du gehst mit meinem Cousin aus.« Ein stichhaltiger Grund, und doch nagte etwas an ihr. Frank wirkte selbstgefällig und nervös zugleich.

Als sie in die Scheune gingen, griff sie nach dem Lichtschalter und legte ihn um. Nichts geschah.

»Der Strom ist ausgefallen«, stellte sie fest.

»Wahrscheinlich eine Sicherung.«

Sie öffnete die Türen weit, um sich so viel Tageslicht wie möglich zu verschaffen, und bemerkte Franks Grimasse angesichts des stechenden Tiergeruchs. Es störte sie nicht. Jeder und alles hatte einen Geruch. Der eines Pferdes war viel natürlicher als das grässliche Parfüm, das Frank trug.

Als sie sich den ersten Eimer schnappte und ihn füllte, hatte Frank das Bedürfnis, sich zu unterhalten.

»Wie läuft es mit dir und Derek?«

»Das geht dich nichts an.«

»Ich passe nur auf meinen Cousin auf.«

»Tust du das? Denn wie ich gehört habe, geratet ihr öfter aneinander.«

»Ich glaube, das liegt daran, dass er mit meinem Erfolg nicht klarkommt.«

Athena schnaubte. »Ich bin mir ziemlich sicher, dass das nicht der Grund ist.« Und weil sie hoffte, ihn zum Gehen zu bewegen, fügte sie hinzu: »Ich habe gehört, es liegt daran, dass du dich an seine Freundinnen ranmachst.«

»Ist es meine Schuld, dass sie sich mir an den Hals werfen?«

»Das bezweifle ich stark«, murmelte sie.

»Ich kann nichts dafür, dass ich so gut aussehe und gut bestückt bin.«

Moment, hatte er das wirklich gesagt?

Sie konnte sich ein Lachen nicht verkneifen. »Wie niedlich, dass du das denkst, aber ich kann dir sofort sagen, wer der größere Mann ist.« Und das in mehr als einer Hinsicht.

Seinem finsteren Blick nach zu urteilen gefiel ihre Antwort ihm nicht. »Wie lange hast du vor, dich auf der Farm zu verstecken?«

»Wer sagt, dass ich mich verstecke?«

»Bitte. Wir wissen beide, dass du nicht hierhergehörst. Dir steht die Stadt ins Gesicht geschrieben.«

Sie hängte den Eimer für die Stute an den

Haken, bevor sie sich umdrehte und erwiderte: »Ich bin auf einer Farm geboren und aufgewachsen.«

»Und hast sie verlassen.«

»Das habe ich, aber nicht, weil ich es gehasst habe.« Sie hätte nicht sagen können, warum sie sich mit Frank streiten wollte, außer dass er ihr auf die Nerven ging.

»Du versteckst dich also nicht?«, beharrte er.

»Wie kommst du denn darauf?«

»Weil ein kleines Vögelchen mir gezwitschert hat, dass ein Kopfgeld auf dich ausgesetzt ist.«

Athena erstarrte, als sie gerade dabei war, den nächsten Eimer mit Hafer und ein paar Äpfeln zu füllen. »Das scheint unwahrscheinlich, denn ich habe kein Verbrechen begangen.«

»Ich habe nie gesagt, dass es sich um ein Polizeikopfgeld handelt. Es gibt Leute, die sich für dich interessieren, und sie bieten ein hübsches Sümmchen.«

Sie brauchte eine Sekunde, um ihre Gesichtszüge zu sortieren, bevor sie sich ihm zuwandte. »Warum spuckst du nicht aus, was du zu wissen glaubst?«

»Ich weiß, dass wir deine Anwesenheit geheim halten sollen. Derek hat das sehr deutlich gemacht«, sagte er mit säuerlichem Unterton.

»Gewalttätiger Ex«, gab sie als plausiblen Grund an.

»Muss ein reicher Mann sein, wenn man bedenkt, was er bietet, um dich zu finden. Es überrascht mich, dass du meinen Cousin jemandem mit Geld vorziehst. Oder ist er nur eine vorübergehende Affäre? Versuchst du, die alte Flamme eifersüchtig zu machen? Vielleicht erhöht er den Preis, damit du und Derek abkassieren könnt?«

Athena hatte genug von Franks Mundwerk und seiner Einstellung. Bevor er blinzeln konnte, hatte sie ihn auf den Rücken gelegt, ein Knie auf seine Brust gepresst und einen Arm über seiner Kehle. »Du bist wirklich ein widerlicher Kerl, nicht wahr?«, sagte sie leise.

»Lass mich aufstehen.«

»Ich glaube nicht. Du bist aus einem bestimmten Grund hergekommen, und ich vermute, weil du einen leichten Zahltag gesehen hast.«

»Vielleicht mache ich mir Sorgen um meine Familie«, schnaubte er. »Ich glaube nicht, dass es ein Ex-Freund ist, der nach dir sucht. Du versteckst dich hier, weil du eine gesuchte Frau bist. Du kannst es nicht leugnen. Ich habe das Foto gesehen, und um die zwanzigtausend zu kassieren, muss ich ihnen nur sagen, wo du bist.«

Ihr gefror das Blut in den Adern. Sie hatten den Einsatz erhöht, also hatte Rogers nicht aufgegeben. Sie war einfach ein bisschen zu gut verschwunden, also versüßte er die Sache.

»Hast du ihnen gesagt, wo ich bin?«, knurrte sie.

»Das wird von dir abhängen«, zwitscherte Frank, der plötzlich glaubte, wieder die Oberhand zu haben.

»Ich werde dich nicht ficken«, erklärte sie trocken.

»Als wäre deine Muschi zwanzig Riesen wert«, spottete er. »Ich gebe dir eher die Chance, sie zu überbieten. Wenn es sich für mich lohnt, halte ich den Mund.«

»Oder ich halte ihn für dich«, bot sie an. »Ich habe gehört, dass ein gebrochener Kiefer etwa sechs Monate braucht, um zu heilen. Was hältst du davon, so lange Shakes zu schlürfen?«

»Drohst du mir? Warte, bis ich es Oma erzähle. Sie wird dich von der Farm schmeißen.«

»Nur zu.« Sie stand von Frank auf und machte eine Handgeste. »Warum erzählst du Oma und Opa nicht, wie du mich erpresst? Oder noch besser, warum erzählst du es nicht Derek? Er sucht sicher nach einem Grund, dir die Zähne auszuschlagen.«

»Es ist keine Erpressung. Ich biete dir nur die Chance, ein besseres Geschäft zu machen.«

Sie zog eine Augenbraue hoch. »Ich bin nicht irgendein Dummkopf, den du verunsichern kannst. Du erpresst mich, und ich sage dir gleich, das wird nicht funktionieren. Ganz zu schweigen davon, dass du nichts zu erzählen haben wirst, da ich nicht dort sein werde, wo du behauptest.«

»Willst du meinen Cousin im Stich lassen?«

Derek. Mist. Sie konnte nicht fliehen, ohne mit ihm zu reden. Andererseits würde er darauf bestehen, sie zu begleiten. Was vielleicht nicht schlecht wäre. Mit ihrem Geliebten an ihrer Seite wäre die Flucht nicht so beschissen.

»Wie wäre es, wenn du –« Sie hielt mitten im Satz inne, als sie ein Fahrzeug die Auffahrt hochkommen hörte. Sie blickte Frank an. »Hast du dein großes Maul schon aufgemacht?«

»Neeein.« Eine lang gezogene Silbe.

Sie schürzte die Lippen. »Warum klingt es so, als würdest du lügen?«

»Ich habe ihnen nicht gesagt, wo du bist«, jammerte er, aber sie bemerkte die Schweißperlen an seinen Schläfen.

»Was hast du dann gesagt? Was hast du ihnen gesagt?«, zischte sie.

»Nichts, ich habe nur gefragt, ob es einen Bonus gibt, wenn ich dich selbst abliefere.«

»Als könntest du es mit mir aufnehmen«, murmelte sie, aber noch beunruhigender war, dass er der Person mit dem Kopfgeld gegenüber angedeutet hatte, dass er wusste, wo sie zu finden war. Hatte das dazu geführt, dass sie Frank gefolgt waren?

Es könnte sein, dass derjenige, der vor dem Haus parkte, nichts mit ihrer Situation zu tun hatte. Ein Risiko, das sie nicht eingehen konnte.

Sie warf einen Blick auf Frank, der sich aufgerichtet hatte und blass aussah.

»Du bleibst hier«, befahl sie.

»Du kannst mir nicht sagen, was –«

Klatsch. Sie schlug so fest zu, dass er taumelte. Noch ein guter Kinnhaken und er war bewusstlos.

Ein Idiot weniger, um den sie sich kümmern musste.

Sie verließ die Scheune und schlich sich über die Rückseite an das Haus heran, die Einfahrt außer Sichtweite. Mehrere Autotüren knallten zu, aber sie hatte nur ein Fahrzeug gehört. Es könnten Besucher sein. Sollte sie einen Blick darauf werfen, um zu sehen, ob sie umsonst in Panik geraten war?

Eine männliche Stimme war zu hören, aber sie konnte die Worte auf diese Entfernung nicht richtig verstehen. Als sie das Knirschen von Kies hörte, duckte sie sich hinter den Hühnerstall, als ein Mann in Kampfmontur ohne Abzeichen auf den Hof schlenderte. Der Kerl scannte die

Umgebung, bevor er die Lippen bewegte und offensichtlich Bericht erstattete.

Also kein freundlicher Besucher.

Mist und Doppelmist.

Die Möglichkeiten waren begrenzt. Sie konnte weglaufen, zu Fuß, ohne Vorräte, nicht einmal ihr Telefon, das sie im Haus gelassen hatte. Oder sich demjenigen stellen, der drinnen wartete.

Oder ...

Sie erinnerte sich an den Schlüssel, den Frank auf den Küchentisch geworfen hatte. Wenn sie den in die Finger bekäme, hätte sie einen Wagen. Auch ihr Handy lag zum Aufladen auf dem Küchentisch. Sie würde kein Bargeld haben, aber sie könnte zumindest Derek und ihrer Familie Nachrichten schicken. Für diesen Plan musste sie allerdings den Mann ausschalten, der den Hof bewachte.

Sie konnte sich nicht an ihn heranschleichen. Er würde sie kommen sehen, sobald sie hinter dem Stall hervorkäme. Wie konnte sie ihn ablenken? Und zwar schnell. Die Haustür war zugefallen, was bedeutete, dass der Besucher zu Oma und Opa hineingegangen war. Sie konnte nur hoffen, dass die beiden nicht nur die Klappe weit aufgerissen hatten, sondern tatsächlich auf sich selbst aufpassen konnten. Es half, dass sie wusste, dass die Eindringlinge sie wollten und nicht die beiden.

Das Gackern der Hühner brachte sie auf eine

Idee. Ronnie, der Hahn, saß oben auf dem Hühnerstall. Er durfte nicht zu seinen Damen, aber das hielt ihn nicht davon ab, ein Auge auf sie zu haben, während sie pickten.

»Tut mir leid, Oma«, murmelte sie, während sie darauf wartete, dass der Kerl in die andere Richtung schaute, bevor sie das Seitentor entriegelte. Es schwang auf, und sie konnte sich gerade noch rechtzeitig wegducken.

Ein Blick zeigte, dass der Mann stirnrunzelnd auf den Stall starrte und sich wahrscheinlich fragte, ob er die offene Tür übersehen hatte. Ein Huhn stolzierte heraus, ein dürres, das gern pickte, wenn es sah, dass man nach seinen Eiern griff. Ein anderes folgte. Sie verteilten sich im Stall, mit wippenden Hälsen, auf der Suche nach Futter.

Ronnie flatterte hinunter, um über seine Gruppe zu wachen, die sich zur Hintertür bewegte, weil sie den Körnereimer roch, der direkt im Stall stand.

Der Mann verscheuchte die Henne, die zu nahe watschelte.

Ronnie nahm Anstoß daran.

Der Hahn gab einen Laut von sich und schlug mit seinen Stummelflügeln, als er auf den Mann losging. Der Kerl hätte ihn erschießen oder ihm vielleicht sogar einen kräftigen Tritt verpassen können, aber wie die meisten Menschen hatte er einen Hirnfurz, als er mit etwas Kleinem, Gefiedertem und Feindlichem konfrontiert wurde. Er wich zurück. Ronnie stürzte sich auf ihn. Der Typ wich noch weiter zurück und schrie in sein Mikrofon: »Da greift mich ein verdammter Vogel an.«

Er bewegte sich um die Ecke des Bauernhauses, den Hahn im Schlepptau, und verschaffte Athena die nötige Chance.

Die Küchentür knarrte nicht, als Athena hineinschlüpfte, und sie schloss sie ebenso leise, um nicht gehört zu werden. In der Küche schien es schrecklich still zu sein, und ein Blick auf den Herd zeigte keine Anzeige. Auch im Haus war der Strom abgeschaltet. Das könnte erklären, warum sie nicht gewarnt worden waren, denn Oma hatte Bewegungsmelder und Kameras installiert, um alle zu überwachen, die das Grundstück betraten.

Als sie den Autoschlüssel auf dem Tisch sah, schloss sie schnell eine Faust darum und steckte ihn zusammen mit ihrem Handy in ihre Tasche. Das Stimmengemurmel lockte sie in den Flur, wo sie im Wohnzimmer eine männliche Stimme hörte.

Eine Stimme, die sie kannte.

Dr. Rogers versuchte, Oma und Opa zu überreden, ihre Anwesenheit preiszugeben.

»Sind Sie sicher? Ich weiß aus zuverlässiger Quelle, dass eine Frau bei Ihnen wohnt. Ihr Name ist Athena. Platinblondes Haar, obwohl sie es gefärbt haben könnte. Neunundzwanzig, könnte aber auch jünger aussehen. Ich glaube, sie ist mit Ihrem Enkel liiert.«

»Nein. Falsche Farm. Unser Derek ist Single«, verkündete Oma.

»Und schwul«, fügte Opa hinzu. »Er mag die Jungs wirklich.«

Athena schlug sich eine Hand vor den Mund, damit sie nicht über die Lüge lachte.

»Sie sollten wissen, dass Athena gefährlich ist. Nicht die Art von Mensch, die Sie in Ihrer Nähe haben wollen.« Rogers wechselte die Taktik.

»Und wer sind Sie?«, fragte Oma. »Sie platzen in unser Haus. Sie sind unhöflich.«

»Ich bin jemand, mit dem Sie sich nicht anlegen wollen.« Rogers' flache Antwort.

»Was sind Sie, ein Polizist?«, blaffte Opa. »Zeigen Sie mir eine Marke. Oder besser noch einen Durchsuchungsbefehl.«

»Die brauche ich nicht, denn die Leute, für die ich arbeite, gibt es offiziell nicht, aber ich versichere Ihnen, sie haben Einfluss. Genügend Einfluss, um Ihnen die Farm wegzunehmen.«

»Ich bezweifle, dass ein Richter sich darauf einlassen würde«, wandte Opa ein.

»Habe ich schon erwähnt, dass sie ständig Richter kaufen? Ist Athena es wirklich wert, dass

Sie Ihren Lebensunterhalt und Ihr Zuhause verlieren?«

»Wenn ich sie kennen würde, was ich nicht tue, würde ich sagen, dass sie es wahrscheinlich wert ist, gerettet zu werden, wenn es Leute wie Sie verärgert. Unhöflicher kleiner Scheißer, kommt in mein Haus und droht mir, nachdem er mich eine Lügnerin genannt hat. Hauen Sie ab«, zischte Oma. »Hauen Sie ab, bevor ich Sie mit Schrot vollpumpe.«

»Es ist, als wollten Sie, dass ich Ihnen wehtue.« Dr. Rogers seufzte. »Ich habe keine Freude daran, nur damit Sie es wissen. Aber meine Arbeit ist zu wichtig, als dass sich mir ein paar Hinterwäldler in den Weg stellen könnten. Also sagen Sie mir entweder, wo ich Athena finden kann, oder diese Unterhaltung wird hässlich werden.«

»Verdammtes Arschloch.« Opas Sessel knarrte. »Sie haben vielleicht Nerven. Und jetzt schieben Sie Ihren Arsch und den Ihres Handlangers von meinem Grundstück, bevor ich allen ein Loch in den Bauch puste.« Also war da nicht nur Rogers im Wohnzimmer.

»Ich werde nicht ohne Athena gehen.«

Klick-klick. Jemand war bewaffnet.

»Das wollen Sie nicht tun«, erwiderte Rogers leise.

»Versuchen Sie es doch, Arschloch.«

Zack. Ein Elektroschocker ging los – ein

Geräusch, das sie gut kannte, da sie es während ihrer Gefangenschaft ein paarmal bei ihr benutzt hatten. Der Lärm eines Handgemenges ertönte, Grunzen, das Klatschen von Fleisch, ein Ausatmen von Schmerz und der Schrei von Oma: »Scheißkerl.«

Athena lief in den Raum und fand Oma mit dem Schürhaken in der Hand und einen Kerl in Kampfmontur vor, der auf dem Boden lag, aber noch beunruhigender war, dass Rogers über dem benommenen Opa stand, an dessen Brust noch immer die Elektroden des Tasers befestigt waren. Opa hatte die Augen geschlossen, und seine Atmung schien stockend zu sein.

»Gehen Sie weg von Opa«, knurrte Athena.

Oma winkte trotz eines geschwollenen Auges mit dem Schürhaken und schrie: »Lauf, Athena. Wir werden sie aufhalten.«

Als würde Athena sie der Gnade von Rogers überlassen. »Hier bin ich, Doktor. Kommen Sie und holen Sie mich.« Sie krümmte die Finger.

Rogers hob eine Augenbraue. »Hältst du mich für dumm? Bewege deinen Hintern in den Lieferwagen, der vor der Tür parkt, oder ich töte den alten Mann. Ich habe die Spannung erhöht. Beim nächsten Knopfdruck wird er gebraten.«

Athena hob die Hände. »Ich komme mit Ihnen, aber lassen Sie diese Leute in Ruhe.«

»Wenn das so ist ... nach dir.« Rogers deutete auf die Haustür.

Athena setzte sich in Bewegung. Sie hatte keine andere Wahl. Das, worüber sie sich Sorgen gemacht hatte, war eingetreten. Sie hatte unschuldige Menschen in ihre Scheiße hineingezogen, und sie waren verletzt worden.

Rogers grinste, als sie an ihm vorbeiging. »Hast du wirklich geglaubt, du könntest dich ewig vor mir verstecken? Du kannst dich glücklich schätzen, dass ich dich gefunden habe, denn als Nächstes hätte ich mir deine Geschwister geschnappt, um zu sehen, ob sie deine Gene teilen.«

»Das tun sie nicht.«

»Dir ist schon klar, dass ihr Blut es verraten wird.«

»Lassen Sie sie in Ruhe«, knurrte sie.

»Das werde ich, solange du dich benimmst. Ich brauche nicht alle von euch, nur einen als Beweis, und da wir beide eine gemeinsame Vergangenheit haben, möchte ich, dass du an meiner Seite bist, wenn ich der Welt sage, was genau du bist.«

»Sie ist ein gutes Mädchen, im Gegensatz zu Ihnen, Arschloch«, erwiderte Oma. Sie war nahe genug herangekommen, um ihren Schürhaken zu schwingen.

Der Schlag setzte Rogers nicht außer Gefecht, aber er stolperte. Opa, der sich bewusstlos gestellt hatte, riss die Widerhaken des Tasers ab und drehte sich, wenn auch unbeholfen, auf die Beine.

»Opa, bring Oma hier raus.« Athena wandte den Blick nicht von Rogers ab, der viel zu selbstsicher aussah. Vielleicht lag es daran, dass er Opas Waffe in der Hand hatte und sein Schläger sich regte.

»Ich laufe nicht weg«, protestierte Oma.

Was bedeutete, dass Athena es tun musste. Sie musste Rogers von hier wegführen, damit er sie nicht wieder als Geiseln nahm.

Athena verschränkte die Hände hinter dem Kopf. »Ich komme mit Ihnen, solange Sie diese Leute in Ruhe lassen.«

»Endlich kommst du zur Vernunft«, prahlte Rogers. »Und da heißt es, dass alte Schlampen keine neuen Tricks mehr lernen können.«

Athena schürzte die Lippen über die Beleidigung, aber sie ging nicht auf seine Provokation ein. Sie warf einen Blick auf die guten Menschen, die sie beherbergt hatten, und murmelte: »Danke für alles. Es tut mir leid, dass ich euch Ärger bereitet habe.«

Oma sah wütend aus. »Du brauchst dich nicht zu entschuldigen. Ich habe versprochen, dass du in Sicherheit sein würdest.«

»Ach ja, Ihr mickriges Sicherheitssystem. Wir mussten nur den Strom abstellen«, prahlte Rogers.

»Der Generator hätte anspringen müssen«, antwortete Oma mürrisch. Aber ihm fehlte ein Ersatzteil. Athena hatte gehört, wie Oma die Firma anschrie, die immer wieder ihre Lieferung versprach.

»Los geht's. Genug getrödelt.« Rogers winkte mit dem Lauf der Schrotflinte.

Der Schläger am Boden stöhnte, erhob sich und funkelte Oma an.

Sie fletschte die Zähne als Antwort.

»Sagt Derek ...« Welche Nachricht konnte Athena übermitteln? Keine. Er wäre am Boden zerstört. Wütend. Und sie konnte es nicht gebrauchen, dass er nach ihr suchte. »Sagt ihm, dass es mir leidtut«, flüsterte sie, als sie zur Tür hinausging.

Draußen wartete ein Lieferwagen ohne Nummernschild mit offener Seitentür. Franks Wagen war daneben geparkt.

Ein Mann saß auf dem Fahrersitz des Transporters. Ein Blick nach links zeigte den anderen, der weiter weg war und immer noch versuchte, dem wütenden Hahn zu entkommen.

»Beweg dich«, blaffte Rogers.

»Wenn Sie darauf bestehen«, murmelte sie, wirbelte plötzlich herum und schubste Rogers auf der Stufe hinter ihr. Er taumelte und prallte gegen seinen Schläger, und die beiden stürzten in einem Haufen aus Gliedmaßen und Geschrei hinab.

Athena lief zu Franks Wagen, dessen Tür unverschlossen war. Der Startknopf reagierte auf die Fernbedienung in ihrer Tasche und der Motor heulte auf. Sie gab Gas und drehte das Lenkrad, bevor sie die Einfahrt entlangraste und Staub und Kies aufwirbelte.

Ein Blick in den Rückspiegel zeigte eine Staubwolke, aber auch Bewegung. Der dumpfe Schein der Scheinwerfer zeigte, dass Rogers hinter Athena her war.

Gut.

Zu diesem Zeitpunkt ging es weniger darum, dass sie entkam, als darum, die Sicherheit von Oma und Opa zu gewährleisten.

Sie raste den schmalen Weg zur Straße hinunter und fluchte, als sie ein weiteres Fahrzeug auf sich zukommen sah.

Ein weiterer Lieferwagen ohne Nummernschild und kein Platz für sie beide.

Sie konnte nicht zurück, sie konnte nicht umkehren.

Sie schloss die Augen und trat aufs Gas in der Hoffnung, dass der andere Fahrer zuerst ausweichen würde.

Bumm.

Der Aufprall löste die Airbags aus, die ihr hart

genug ins Gesicht schlugen, dass sie sich vor Benommenheit nicht wehrte, als die Tür aufgerissen wurde. Mit groben Händen wurde sie herausgezerrt und mit Handschellen gefesselt, bevor sie ihren Blick fokussieren konnte.

Sie wurde in einen Lieferwagen geworfen, und das Beruhigungsmittel, das ihr in den Arm gespritzt wurde, nahm ihr das Bewusstsein, noch bevor die Tür zuschlug.

Als sie aufwachte, befand sie sich in einer Zelle.

Sie hatte Angst, ja, aber nicht um sich selbst.

Denn sie war nicht allein hier. Ihre Familie war bei ihr.

KAPITEL ZWÖLF

Athena hielt sich an den Gitterstäben ihres Käfigs fest und starrte auf ihre Schwester, die ihr gegenüber eingesperrt war. Neben Selene, in ihrem eigenen verschlossenen Raum, Mom.

»Nein. Oh nein«, weinte Athena. »Was ist passiert?«

Mom zog die Mundwinkel nach unten. »Ich dachte, es sei das Kabelteam, um das Internet zu reparieren, also habe ich sie reingelassen. Ein Fehler, denn ich bin hier mit deiner Schwester aufgewacht.«

»Was ist mit Ares?«, fragte Athena, da sie ihren Bruder nicht sah.

»Er war nicht zu Hause, also hoffe ich, dass sie ihn nicht geschnappt haben.«

Selene lächelte nicht, eine Seltenheit. »Ich kann nicht glauben, dass ich den Hinterhalt nicht gerochen habe. Ich bin die Treppe runtergelaufen, weil der Kerl etwas geschrien hat, dass Mom gestürzt sei. Als ich an ihm vorbeiging, stach er mit einer Nadel in mich hinein.«

»Sie haben mich auf der Farm von Dereks Großeltern aufgespürt. Verdammter Mist.« Athena ging auf und ab. »Ich bin so dumm. Es ist meine Schuld. Ich hätte etwas gegen Rogers unternehmen müssen.«

»Es ist nicht deine Schuld, Kleines«, beruhigte Mom sie. »Es ist schon Wochen her. Wir dachten alle, er hätte aufgegeben.«

»Wie sich herausgestellt hat, hat er nur auf den richtigen Zeitpunkt gewartet«, brummte Athena. »Mist!« Vor Frustration ballte sie die Fäuste. Ungeachtet dessen, was Mom sagte, war sie selbst schuld. Sie hätte ihre Familie zwingen sollen umzuziehen. Ganz aus Ontario zu verschwinden und neu anzufangen. Sie hätte nicht so sehr das glückliche Paar mit Derek spielen, sondern an ihrem Racheplan festhalten sollen. Wenn sie Rogers getötet hätte –

»Lass das!«, schnauzte Mom.

»Was lassen?«, murmelte sie.

»Spiel nicht das Hätte-Könnte-Sollte-Spiel.

Wir konnten nicht wissen, dass das passieren würde.«

»Aber ich wusste es«, schimpfte Athena. »Und anstatt es im Keim zu ersticken, habe ich Vogel Strauß gespielt, den Kopf in den Sand gesteckt und so getan, als sei es nie passiert. Und jetzt sieh uns an.«

»Hab Vertrauen, Kleines.«

»Vertrauen worin?«, rief sie. Ihre Mutter hatte wirklich nicht begriffen, wie schlimm es war, und es war ihre Schuld, dass sie ihre Gefangenschaft beschönigte. Sie wollte ihre Mutter nicht mit ihrer Erfahrung traumatisieren.

»Dein Bruder ist noch da draußen. Er wird uns holen.«

»Mit welcher Armee? Rogers hat unzählige Wachen.«

»Er wird einen Weg finden. Und wenn nicht, wirst du oder Selene es tun. Schließlich bist du schon einmal entkommen.«

Das war sie. Gerade so.

Ein Summen und ein Klicken führten dazu, dass eine Tür sich öffnete.

Rogers schlenderte in den Raum, und sein Anblick entfachte ihre Wut.

Athena brüllte: »Verdammtes Arschloch. Sie haben versprochen, sie in Ruhe zu lassen, aber in der Zwischenzeit hatten Sie sie schon in Ihren Klauen.«

»Ich habe gelogen.« Und er war ziemlich selbstgefällig dabei.

»Und was ist damit, dass Sie mich nur als Beweis brauchen?«, fauchte sie.

»Auch eine Lüge. Ich meine, ein einzelner Lykanthrop ist schon erstaunlich, aber eine ganze Familie?« Er breitete die Hände aus. »Das ist beängstigend, weil die Leute sich dann fragen werden, ob ihre Nachbarn und Freunde ein Geheimnis haben.«

»Ich hätte Sie töten sollen«, murmelte sie. »Ich hätte wissen müssen, dass Sie niemals aufgeben.«

»Natürlich habe ich nicht aufgegeben, du dumme Schlampe. Ich wurde aufgehalten. Deine Flucht hat mich gezwungen, das Labor zu verlegen, deshalb hattest du eine Galgenfrist bekommen. Mein neues ist nicht so zentral gelegen wie das letzte.« Er machte eine unzufriedene Miene. »Mein Arbeitsweg hat sich verdoppelt, aber es war schwierig, einen privaten Ort mit dem nötigen Platz und Strom für die Geräte zu finden. Ironischerweise sind wir nicht weit von dem Ort entfernt, an dem ich dich gefunden habe.«

»Und was jetzt?«, schnauzte sie.

»Jetzt planen wir eure große Enthüllung,

während wir auf den Vollmond warten. Ich denke an das TD Place Stadion. Unter den Lichtern. Wir werden eine geringe Gebühr für die Tickets verlangen. Ich werde es die Ausstellung *Wölfe in Menschenkleidern* nennen. Es wird großartig werden. Die Zuschauer werden skeptisch sein, daher das große Spektakel. Große Bildschirme, die nie von euch wegschwenken, wenn der Mond auftaucht. Jeder wird sehen, wie ihr euch verwandelt. Zum Monster werdet.«

»Es gibt nur ein Monster in diesem Raum, und das sind nicht meine Töchter«, erwiderte Mom leise.

»Vielleicht war es Zeitverschwendung, dich zu fangen. Angesichts der vorläufigen Ergebnisse deiner Blutuntersuchung vermute ich, dass der Vater zu eurer genetischen Anomalie beigetragen hat.«

Mom presste die Lippen zusammen.

»Du brauchst nicht zu antworten. Die gründliche Blutuntersuchung wird bald alles aufdecken. Ich kann es kaum erwarten, den Menschen vom Lykanthropen zu trennen. Allerdings werden wir uns mit den DNA-Proben eurer väterlichen Seite begnügen müssen, da der Vater tot ist.«

»Viel Glück dabei. Wir haben meinen Mann einäschern lassen«, zischte Mom.

»Das macht nichts. Ein Vergleich eurer DNA wird uns die Wahrheit zeigen. Und jetzt ruht euch aus. Wir haben einen anstrengenden Monat mit den Vorbereitungen vor uns. Und macht euch keine Sorgen. Es wird keine Pannen geben wie beim letzten Mal. Keine dummen, geilen Wächter mehr, die Essen ausliefern.« Er deutete auf den Schlitz im Käfig, der groß genug für ein Tablett mit Mahlzeiten und sonst nichts war. »Bis morgen, wenn wir mit den Tests beginnen.«

Rogers ging, und Athena schlug mit der Stirn gegen die Gitterstäbe, während sie die Augen schloss und versuchte, nicht den Verstand zu verlieren. Verdammte Scheiße.

»Mach dir keine Sorgen, Kleines. Ich bin sicher, dass Ares einen Weg findet, uns hier rauszuholen.«

Athena starrte ihre Mutter an. »Wie denn, wenn er keine Ahnung hat, wo wir sind?« Sie zog die Mundwinkel nach unten. »Das ist meine Schuld. Ich hätte Rogers ausschalten sollen, als ich die Chance dazu hatte.«

»Du bist keine Mörderin«, stellte Mom fest.

»Ich könnte es sein«, war Athenas düstere Antwort.

»Können wir über etwas anderes reden? Ich für meinen Teil lasse mir von diesem Bleistiftschwanz nicht die Laune verderben. Ich habe deinen neuen

Freund gesehen«, zwitscherte Selene. »Was für ein süßer Kerl.«

»Wie das?«, fragte Athena stirnrunzelnd.

»Weil ich geblieben bin und euch beim Frühstück gesehen habe. So ein Traum.« Selene fächelte sich Luft zu.

»Du hast spioniert!«, rief Athena aus.

Mom schüttelte den Kopf. »Ich habe dir gesagt, du sollst es ihr nicht sagen. Aber deine Schwester hat recht. Er ist ein hübscher Junge. Sie hat mir Bilder gezeigt.«

»Mann, Mom. Er ist dreiunddreißig.«

»Und ein Feuerwehrmann«, fügte Selene mit einem anerkennenden Nicken hinzu. »Die Art, die sexy genug ist, um für einen Monat in einem dieser Kalender zu posieren.«

»Könnten wir nicht über Derek reden? Ich möchte lieber nicht darüber nachdenken, dass ich ihn nie wiedersehen werde.«

»Sei nicht so pessimistisch.«

»Wir sind in einem Käfig«, erinnerte Athena ihre unverbesserlich optimistische Schwester. »Einem verschlossenen Käfig, der überwacht wird.« Sie deutete mit einer Hand in Richtung der Kamera, die sie beobachtete. »An einem Ort, an dem es von Wachen nur so wimmelt.«

»Hab ein wenig Vertrauen«, erklärte Selene.

»In meine Fähigkeit, Dinge zu vermasseln?«

Athena seufzte. »Tut mir leid. Ich will ja kein Spielverderber sein, aber wir sind so was von am Arsch. Ich hätte wissen müssen, dass er hinter euch her sein würde. Wir hätten sofort abhauen sollen, als ich geflohen bin.«

»Dein Vater sagte immer, wenn du dich nicht mehr verstecken kannst, kämpfe bis zum letzten Atemzug.«

»Oder wir lassen uns von dem Arschloch entlarven und hören auf, so zu tun, als seien wir etwas, das wir nicht sind«, zwitscherte Selene. »Ich meine, die Leute lieben Fred, den Sasquatch.«

»Er ist ein ausgestellter Freak.«

»Im Moment noch. Es gibt Leute, die ihn befreien wollen. Es gibt eine Petition, die die Runde macht, und eine Anfechtung vor Gericht.«

»Was wird angefochten?«

»Sie sagen, dass Fred so empfindungsfähig ist, dass es gewissermaßen Sklaverei ist, ihn einzusperren, was illegal wäre.«

»Bei Affen hat das nicht funktioniert«, betonte Athena.

»Noch nicht«, beharrte Selene. »Aber es wird kommen. Die Welt verändert sich. Sie wird immer vielfältiger.«

»Kulturelle Vielfalt ist etwas ganz anderes als Menschen, die sich in Wölfe verwandeln.«

»Aber das ist das Schlüsselwort. Menschen.

Wir sind Menschen. Nur mit einer kleinen Besonderheit.«

»Wir sollten nicht darüber reden.« Nicht dass es wichtig gewesen wäre. Rogers wusste, was sie war. Wusste es und würde es bald der Welt zeigen.

Derek zeigen.

Würde er sich liebevoll an sie erinnern oder würde sie zu dem Fehler werden, dem er fast erlegen wäre?

Sie würde es wahrscheinlich nie herausfinden.

KAPITEL DREIZEHN

Derek war kurz davor, den Verstand zu verlieren. Als er keine zwanzig Minuten nach dem Unglück ankam und seine Großeltern verletzt vorfand, war er zu Tode erschrocken. Sie hätten sterben können. Es machte ihn auch wütend, denn wer zum Teufel griff Leute in ihren Siebzigern an?

Zu wissen, dass Athena entführt worden war, machte ihn fertig. Er war nicht da gewesen, um sie zu beschützen, und jetzt war sie weg.

Das einzig Gute, das aus diesem Schlamassel resultierte? Frank war endlich eine Persona non grata.

Der Wichser, der an einen Stuhl gefesselt worden war, hatte die Frechheit zu jammern: »Deine Schlampenfreundin hat mich geschlagen.«

Derek bot ihm ein steifes: »Ich bin sicher, sie hatte einen guten Grund.«

»Sie ist ein Psycho, deshalb«, platzte Frank heraus.

»Sag das noch mal«, knurrte Derek und ballte die Fäuste. Der Drang, etwas zu schlagen, überkam ihn, und wer wäre besser geeignet als sein selbstgefälliger Cousin?

»Sie hat mich ohne Grund angegriffen.«

»Das bezweifle ich«, murmelte Derek, bevor er hinzufügte: »Und falls du es noch nicht bemerkt hast, wir haben größere Probleme als dein kleines Wehwehchen. Oma und Opa wurden angegriffen.« Er fügte nicht hinzu, dass Athena entführt worden war. Frank würde wahrscheinlich etwas Dummes sagen, und dann würde Derek ihn umbringen müssen.

Frank zog die Mundwinkel nach unten. »Damit habe ich nicht gerechnet.«

»Was soll das heißen?«, entgegnete Derek aufgebracht.

Oma hatte das Rätsel allerdings gelöst, weshalb Frank an einen Stuhl gefesselt war. Sie funkelte ihn an und zischte: »Du verdammtes Stück Scheiße. Wie kannst du es wagen, diese Familie zu verraten?«

»Was wagen? Ich habe nichts getan«, beschwerte Frank sich.

»Lügner. Du wusstest, dass diese Schläger kommen würden. Der Alarm in der Einfahrt hätte losgehen müssen, auch ohne Strom, denn er wird von einer Batterie gespeist. Jemand hat daran herumgepfuscht. Dieselbe Person, die mir angeboten hat, in den Keller zu gehen, um mir ein neues Glas Marmelade zu holen, nachdem er versehentlich das offene von der Theke gestoßen hatte.« Unter ihrem unnachgiebigen Blick zuckte Frank zusammen und gab es zu.

»Ich habe nicht erwartet, dass sie grob werden.«

»Wer sind *sie*?«, blaffte Derek. Er war nicht mehr nur wütend. Er war jetzt kalt. Eis. Kalt.

»Ich weiß es nicht.« Frank zuckte mit den Schultern. »Sie haben keinen Namen genannt, nur eine Belohnung für denjenigen ausgesetzt, der Informationen über den Aufenthaltsort von Athena hat.«

Gut, dass Opa ihn zurückhielt, denn Frank wäre in diesem Moment gestorben. »Du verdammter Mistkerl. Du hast sie verraten!«

»Das hättest du auch getan für zwanzigtausend.«

»Nein, das hätte ich nicht getan. Kein Mensch, der auch nur einen Funken Empathie oder eine verdammte Moral besitzt, würde das tun«, schnauzte Derek.

»Ich sehe das Problem nicht. Sie ist in irgendwelche dubiosen Geschäfte verwickelt. Du solltest mir dankbar sein, dass ich es herausgefunden habe, bevor du in den Schlamassel hineingezogen wurdest, in den sie verwickelt ist.« Frank versuchte, sich zu rechtfertigen, aber Oma ließ das nicht gelten.

»Du bist hier nicht willkommen«, erklärte sie. »Hau ab und komm nicht wieder.« Sie schnappte sich ein Messer und zerschnitt das Klebeband, das ihn festhielt.

»Du willst mich wegen einer Fremden rausschmeißen?« Frank machte ein überraschtes Gesicht.

»Nein, wir schmeißen dich raus, weil du ein mieser Abschaum bist. Gott weiß, ich habe versucht, verständnisvoll zu sein. Ich habe versucht, über deine vielen Fehler hinwegzusehen, aber das ...« Opa schüttelte den Kopf. »Das ist der Tropfen, der das Fass zum Überlaufen bringt.«

»Ist es, weil sie euch verprügelt haben? Ich schwöre, ich wusste nicht, dass das passieren würde.«

»Hau ab, bevor ich dir deine selbstgefällige Visage zerschmettere.« Oma war fertig mit Reden und drohte mit dem Fleischklopfer.

»Opa –«

»Du hast meine Frau gehört. Raus, und komm nie wieder zurück, denn wenn du das tust ...« Opa ließ die Drohung offen.

Frank öffnete den Mund, und Derek schaltete sich ein. »Verschwinde. Du hast sie gehört.«

»Aber –«

Derek genoss es sehr, Frank am Kragen zu packen und ihn buchstäblich von der Veranda zu werfen.

Dieses kleine Vergnügen währte nicht lange.

Athena war verschwunden und in Gefahr. Schlimmer noch, er hatte nicht die geringste Ahnung, wo er anfangen sollte zu suchen, um sie zu retten.

Er versuchte es trotzdem und durchforstete das Dark Web nach Hinweisen auf das Kopfgeld. Er verfluchte sich selbst dafür, dass er das, was Frank entdeckt hatte, nicht gesehen hatte. Er ärgerte sich, dass er Brände bekämpft hatte, anstatt seine Familie und seine Geliebte zu verteidigen.

Er hatte keinen Appetit auf die Mahlzeit, die Oma im Kochtopf köcheln ließ, niemand hatte Appetit, und alle waren nervös, als Opa murmelte: »Da kommt jemand die Auffahrt hoch.«

Opa hatte den Strom wieder angeschaltet, was bedeutete, dass das Sicherheitssystem online war. Oma hielt ihr Handy hin, damit Derek einen Blick auf das herannahende Fahrzeug werfen konnte. Ein blauer Pick-up, den er nicht erkannte.

»Ihr bleibt hier. Ich werde nachsehen, wer es ist.«

»Mach dir keine Sorgen. Wir halten dir den Rücken frei.« Oma hatte eine Schrotflinte umklammert und Opa hielt sein Gewehr. Es machte ihn fertig, sie erschüttert zu sehen. Zu sehen, wie sie endlich begriffen, dass sie nicht mehr die Raufbolde ihrer Jugend waren, sondern alte Leute.

Derek ging auf die Haustür zu und stand mit verschränkten Armen auf der Veranda, als der Wagen geparkt wurde und ein großer Kerl ausstieg.

»Wer bist du? Was willst du?« Nicht gerade die höflichste Begrüßung, aber in Anbetracht von Dereks beschissenem Tag und seiner miesen Laune war es das Beste, was man bekommen konnte.

»Bist du Derek?«, fragte der Typ und musterte ihn von oben bis unten.

»Wer will das wissen?«

»Athenas Bruder.«

Die Antwort ließ Dereks Augenbrauen in die Höhe schnellen. »Ares?«

»Ja. Wo ist meine Schwester?«

»Nicht hier.« Ein Eingeständnis, das ihm fast im Hals stecken blieb.

»Wo ist sie? Ich muss sofort mit ihr reden.«

»Ich weiß es nicht.« Derek sackte in sich zusammen. »Sie wurde vor ein paar Stunden entführt.«

»Mist!« Ares drehte sich um und trat gegen die Reifen seines Wagens, während er eine Litanei von Flüchen ausstieß, die Oma bewundert hätte.

»Tut mir leid. Ich hätte hier sein sollen, aber ich wurde zur Brandbekämpfung gerufen. Meine Großeltern haben ihr Bestes getan, um sie zu beschützen, aber Rogers kam mit ein paar Schlägern.«

»Fleißiger kleiner Scheißer«, zischte Ares. »Er hat auch meine Mutter und meine Schwester entführt, während ich auf der Arbeit war.«

»Oh Scheiße«, murmelte Derek.

»Ja, Scheiße für Rogers, denn ich werde ihn richtig fertigmachen. Ich hatte gehofft, Athena als Verstärkung zu haben, aber ich werde wohl allein gehen müssen.«

»Nicht allein. Ich werde helfen.«

»Das werden wir auch.« Oma und Opa traten hinter ihm hervor.

Ares blinzelte. Wahrscheinlich war er es nicht gewohnt, eine alte Dame mit einer Waffe und einem Messer an der Hüfte zu sehen.

Der Mann schüttelte den Kopf. »Ich weiß das Angebot zu schätzen, aber das wird hässlich werden.«

»Es ist schon hässlich. Diese Wichser sind hergekommen, haben meine Großeltern verprügelt, Athena mitgenommen und auch ihre Familie entführt. So eine Scheiße ist nicht cool. Kein bisschen. Und wenn wir herausfinden können, wo sie sind, will ich bei der Rettung und der Niederschlagung dabei sein.«

»Es könnte blutig werden«, warnte Ares.

»So sei es. Sie haben den ersten Schlag ausgeführt. Es ist an der Zeit, ihnen zu zeigen, warum das eine schlechte Idee war.« Derek hatte sich immer gefragt, ob er ein Killer-Gen hatte. Oma und Opa hatten es auf jeden Fall. Sein Vater ... nicht so sehr. Aber anscheinend brauchte Derek nur die richtige Motivation.

»Ich könnte die Hilfe gebrauchen. Ich bin nicht gerade Rambo.« Ares strich sich mit den Fingern durch die Haare. »Wir werden einen Plan brauchen. Der Ort, an dem sie sich aufhalten, ist zwar abgelegen, wird aber bewacht.«

Die Worte trafen, und Derek platzte heraus: »Moment, du weißt, wo sie sind?«

Ares nickte. »Als Athena das erste Mal spurlos verschwand, habe ich uns chippen lassen.« Er hielt ein Handgelenk hoch. »Das ist so etwas wie ein AirTag, aber für Menschen. Athena hat noch keinen, aber ich vermute, sie wird am selben Ort wie meine Mutter und Selene festgehalten.«

»Heilige Scheiße.« Plötzlich keimte Hoffnung auf.

Oma klatschte in die Hände. »Das schreit nach Kuchen und Kaffee. Geh rein, Junge. Wir haben noch etwas zu planen.« Sie sah Opa an. »Big Bessie muss startklar sein. Lade sie voll.«

»Big Bessie?«, fragte Ares.

»Ein gepanzertes Fahrzeug mit montiertem Gewehr«, erklärte Opa. »Damit kann man gut gegen Dinge fahren und auch schwerem Beschuss standhalten.«

»Wir werden auch ein paar Granaten und anderen Sprengstoff mitnehmen, falls wir uns einen Weg hinein sprengen müssen«, fügte Oma hinzu.

»Moment mal, ihr habt Sprengstoff?«, fragte Ares mit schriller Stimme.

»Und Flammenwerfer und Sturmwaffen.« Oma rollte mit den Augen. »Ich schwöre, ich verstehe nicht, warum nicht mehr Leute auf die Apokalypse vorbereitet sind. Sieht denn niemand, was in der Welt vor sich geht?« Sie schimpfte weiter, als sie mit Opa das Haus betrat.

Ares legte den Kopf schief und sah verwirrt aus. »Ist deine Oma immer so versessen darauf, in den Krieg zu ziehen?«

»Alter, meine Oma ist schon bereit, seit sie geboren wurde.«

»Na, verdammt. Ich schätze, dies ist vielleicht

doch kein Selbstmordkommando«, stellte Ares ungläubig fest.

»Wir holen sie zurück«, versprach Derek, denn die Alternative, ein Leben ohne Athena, wollte er nicht einmal in Erwägung ziehen.

KAPITEL VIERZEHN

Athena ging an den Grenzen ihres Käfigs entlang, auf der Suche nach einer Schwachstelle in den Rändern oder Gittern. Die Schweißnähte waren solide, das Metall zu dick, um es zu verbiegen. Das Vorhängeschloss war nicht zu knacken. Man hatte ihr die Kleider ausgezogen und sie in diesem schrecklichen Kittel zurückgelassen.

Nachdem Rogers gegangen war, sahen sie niemanden mehr bis zum Abendessen, als ein Soldat mit ausdruckslosem und grimmigem Gesicht mit drei fadenscheinigen Plastiktabletts kam, die er durch die Schlitze schob.

Als er weg war, zog Selene eine Grimasse. »Mikrowellen-Essen? Echt jetzt? Das ist fast so grausam wie dieser Käfig. Ganz zu schweigen von der fehlenden Gabel. Sollen wir unser Kartoffelpüree etwa mit den Fingern essen?«

»Oder es schlürfen wie ein Tier. Besteck kann als Waffe benutzt werden, deshalb bekommen wir keins.« Athena wusste noch, wie die Gefangenschaft unter Rogers funktionierte.

»Gut, dass wir hier bald rauskommen«, zwitscherte Selene. »Ich habe zu Hause im Kühlschrank noch einen Käsekuchen übrig.«

Athena bewunderte den Optimismus ihrer Schwester, auch wenn er unangebracht war. Sollte sie die Hoffnung behalten, solange sie konnte. Athena wünschte, sie könnte sie teilen, aber es schien, als hätte der Arzt den Ort gewechselt. Der Steinkeller war älter und rustikaler als der auf der Versuchsfarm. Außerdem war er groß, und die Holzsäulen und die gestapelten Schlackenblöcke wirkten wie Wächter, um den Raum zu unterbrechen. Sie sah keine Anzeichen für das, was vorher dort gewesen war, es sei denn, die Rohrleitungen zählten. Auf die Käfige waren Kameras gerichtet, die jede Bewegung beobachteten und jedes ihrer Worte abhörten. Abgesehen von den Käfigen gab es eine Treppe, deren Stufen aus dickem Holz bestanden, ein paar gestapelte Kisten und die gefürchtete Vorrichtung, die Rogers *das Gestell* nannte. Es war so schlimm, wie es sich anhörte. Ein vierter

Käfig blieb leer, und sie betete, dass das auch so blieb.

»Ich hoffe, Ares war klug genug, sich zu verstecken, als er gemerkt hat, dass ihr weg seid«, sagte Athena und stocherte in dem Fleisch herum, das nicht wie Truthahn aussah. Es sah eher wie ein Stück Gummi aus, das in einer dicken braunen Soße schwamm.

»Er hätte es nicht vor dem Abendessen herausgefunden, als er von der Arbeit kam. Ich wünschte, wir hätten einen Weg gefunden, ihn zu warnen.« Mom ignorierte ihr Tablett und saß stattdessen zusammengekauert da.

»Ich weiß nicht, wie du das geschafft hast«, erklärte Selene. »Einen ganzen Monat lang? Ich wäre nur noch Haut und Knochen gewesen, ganz zu schweigen davon, dass ich bei meiner Flucht völlig verrückt gewesen wäre.«

»Es war nicht leicht«, gab Athena zu.

»Hat es sehr wehgetan?«, fragte Selene, ihr Tonfall düsterer als sonst. »Ich meine, was auch immer sie gemacht haben, während sie dich hatten.«

»Das kam auf den Test an. Die Nadeln und die Hautabschabungen waren leicht zu ertragen, aber Rogers hat auch immer wieder Sachen gemacht, um zu sehen, wie ich reagiere. Zum Beispiel hat er mich extremer Hitze und Kälte ausgesetzt. Er verletzte mich absichtlich, um meine Heilungsgeschwindigkeit zu testen. Er ließ mich stundenlang wie einen Hamster auf einem Laufband rennen.«

»Igitt. Das würde ich keine fünf Minuten aushalten.« Selene war zwar schlank, aber sie hasste Sport. Sie zog es vor, sich einfach richtig zu ernähren, um ihr Körpergewicht zu halten.

»Wurdest du missbraucht?« Moms harte Frage, vor der sie sich bisher gescheut hatte.

»Nein, das ist das Einzige, was er mir nicht angetan hat. Obwohl er einige meiner Eizellen entnommen hat.« Er prahlte damit, wie viel sie wert sein würden, sobald er ihre Lykanthropie bewiesen hätte.

Das Licht ging abrupt aus, und Selene quietschte.

»Es ist okay«, beruhigte Athena sie. »Das ist unser Signal, schlafen zu gehen.«

»Wie schlafen? Keine Matratze, nicht einmal eine Decke.« Athena konnte Selenes Schmollmund praktisch sehen.

»Versuche es. Wir werden morgen wahrscheinlich einen langen Tag haben.«

Ein Tag, an dem sie wie Laborratten behandelt wurden.

Wie Selene hatte auch Athena Mühe, sich auszuruhen. Sie gab sich selbst die Schuld an der

Situation. Sie vermisste Derek. Machte sich Sorgen um ihn. Sorgte sich um Ares. Wollte um ihre Mutter und Schwester weinen. Hätte sie sich nur mehr Mühe gegeben, Rogers ausfindig zu machen. Ohne ihn wären sie vielleicht in Sicherheit gewesen.

Irgendwann musste sie eingeschlafen sein, denn sie blinzelte mit müden Augen, als die Lichter plötzlich aufleuchteten und mit grellem Glanz durch ihre Augenlider schienen.

Ein anderer Wächter, dessen Miene genauso ausdruckslos war wie die des letzten, brachte ihnen jeweils eine Pappschüssel mit Brei, einer dicken Pampe, die sie hinunterwürgte. Sie musste bei Kräften bleiben.

Selene beschwerte sich. »Kein brauner Zucker oder Beeren? Was ist das für eine Folter?«

»Ist die Verpflegung nicht nach deinem Geschmack?« Rogers' plötzliches Auftauchen am Fuß der Treppe ließ Athena zusammenzucken.

»Das ist nicht einmal hundegerecht«, erklärte Selene und deutete darauf.

»Willst du lieber rohes Fleisch?«

»Igitt, nein. Aber etwas Speck wäre schön. Zusammen mit ein paar Eiern. Und Pommes, wenn Sie welche haben.«

»Dies ist kein Hotel«, blaffte Rogers.

»Offensichtlich, sonst hätten Sie bessere

Annehmlichkeiten. Im Moment bewerte ich Sie mit null Sternen.« Selene reizte Rogers weiter.

»Du bist ein freches kleines Ding, nicht wahr? Ich sage dir was. Wenn du besseres Essen und andere Dinge willst, um deinen Aufenthalt zu verbessern, dann musst du einfach kooperieren. Verwandle dich.«

Selene ignorierte absichtlich seine Worte und deutete auf die Ecke. »Dieser Plastikeimer, den Sie uns gegeben haben, reicht überhaupt nicht aus. Ich verlange ein richtiges Badezimmer.«

»Verwandle dich in deinen Wolf«, schnauzte Rogers. »Zeig mir deine pelzige Seite und wir werden sehen, wie wir deine Situation verbessern können.«

»Ich, ein Wolf?« Selene kicherte. »Das ist das Dümmste, was ich je gehört habe. Haben Sie zu viel Stephenie Meyer gelesen? Als Nächstes beschuldigen Sie uns noch, glitzernde Vampire zu sein.«

Rogers drehte sich von Selene zu Athena um. »Ich weiß schon, dass du ablehnen wirst. Aber ich frage mich, ob du immer noch stur sein wirst, wenn man dir den richtigen Anreiz bietet.«

»Sie haben nichts, was ich will«, fauchte Athena.

»Nicht?« Er drehte sich um und ging zu

Moms Käfig. Sie war wach, aber ruhig, die Knie an ihre Brust gezogen. »Das Blutbild wurde über Nacht verarbeitet. Du hast nicht dieselbe Anomalie wie deine Töchter, das heißt, du bist kein Lykanthrop und damit entbehrlich.«

Ein Schauer überlief Athena. »Tun Sie meiner Mutter nichts.«

»Was mit ihr geschieht, hängt von dir ab.« Er warf Athena einen Blick über die Schulter zu. »Du hast die Wahl. Wahl A, du zeigst mir deinen Wolf. Wahl B, du bleibst stur und wir sehen, wie laut deine Mutter schreien kann.«

»Fassen Sie meine Mommy nicht an«, kreischte Selene und umklammerte die Gitterstäbe.

»Das muss ich nicht, wenn du mir gibst, was ich will.«

»Hört nicht auf ihn, Mädchen.« Mom stand auf. »Ihm kann man nicht trauen. Er wird mich foltern, egal was passiert.«

»Ich bin verletzt.« Rogers fasste sich an die Brust. »Haltet ihr mich für einen Mann, der sein Wort brechen würde?«

Alle drei Frauen riefen: »Ja.«

Seine Lippen zuckten. »Dann ist das wohl B. Also gut. Lasst mich das Gestell und die Werkzeuge vorbereiten.«

Athena blieb das Herz stehen, als sie sich an

ihre Zeit im Gestell erinnerte. Ein Umkehrtisch mit Gurten. Stabile, die sie nicht brechen konnte. Er hatte sie mehrmals ausgebreitet darauf liegen lassen. Unfähig, die Schläge auf ihren Körper abzuwehren. Unfähig, die Schnitte in ihr Fleisch zu stoppen. Es war furchtbar gewesen. Aber dieses Mal würde es noch schlimmer sein, denn es würde ihre Mutter sein, die litt.

Rogers ging weg und machte sich auf den Weg nach oben, anstatt das Gestell näher zu bringen. Wahrscheinlich holte er sich Verstärkung.

Mom zischte: »Seid stark, Mädchen.«

»Was soll das bringen? Es ist nur eine Frage der Zeit, bis er bekommt, was er will. Ob heute oder bei Vollmond«, erinnerte Athena sie.

»Wir müssen nur durchhalten.«

»Wofür?«, rief Athena aus. »Er wird seine Meinung nicht ändern. Er wird dir wehtun. Und ich glaube nicht, dass ich es ertragen kann, Zeuge zu sein.«

»Tu, was Mom sagt«, erwiderte Selene. »Er wird sie nicht umbringen. Er würde sein Druckmittel verlieren.«

»Er wird sie vielleicht nicht töten, aber er wird sie verstümmeln.« Athena kannte seine sadistische Seite. Eine Seite, die sie zu vergessen versucht hatte und die vielleicht eine Rolle dabei gespielt hatte, dass sie ihren Racheplan aufgegeben hatte. Die Angst, erneut sein Opfer zu werden, war einer der Gründe, warum sie sich lieber versteckt hielt.

»Es wird alles gut, Kleines. Gib nicht nach.« Mom war so tapfer, und das brachte Athena um. Der Gesichtsausdruck ihrer Mutter war derselbe wie der, den sie bei Dads Beerdigung getragen hatte.

Athena machte sich mehr Sorgen um Selene. Während Athena ihre Wolfsseite gut unter Kontrolle hatte, musste ihre Schwester ruhig bleiben. Wenn sie zu wütend wurde, wurde es haarig. Von klein auf hatte ihr Vater mit Selene gearbeitet und ihr beigebracht, die Dinge von sich abperlen zu lassen. Das führte dazu, dass Selene immer eine superpositive Einstellung hatte, selbst inmitten von Unglücksfällen. Sie hatte keine andere Wahl. Wenn sie zu den Menschen gehörte, die ständig ausflippten – die falsche Menge Zucker in ihrem Kaffee, jemand, der sie im Straßenverkehr schnitt –, dann würde ihr Geheimnis aufgedeckt werden.

Rogers kam mit zwei Wachen zurück, oder sollte man besser sagen, mit Söldnern? Sie trugen keine offiziellen Abzeichen. Sie hatten keine kurz geschorenen Haare und trugen ungepflegte Bartstoppeln. Die Art von Männern, die nicht einmal mit der Wimper zucken würden, wenn sie eine Frau folterten.

Einer von ihnen rollte das Gestell herüber, und Athena konnte nicht anders, als zu zittern. Sie hatte gehofft, es nie wiederzusehen.

Die Söldner betraten Moms Käfig und packten sie grob, obwohl sie sich nicht wehrte. Mom schlurfte ihrem Schicksal entgegen, während Selene und Athena sich an ihre Gitterstäbe klammerten.

Die Wachen knieten sich hin, um ihre Knöchel zu fesseln, während Rogers sich mit ihrem linken Handgelenk befasste.

»Wenigstens eine von euch weiß, dass Widerstand zwecklos ist«, bemerkte er.

»Dafür werden Sie in der Hölle schmoren«, war Moms freundliche Antwort.

»Die Hölle gibt es nicht.«

»Werwölfe auch nicht«, konterte Mom.

»Du hältst immer noch an deiner Lüge fest, wie ich sehe.« Rogers machte sich an ihrer anderen Hand zu schaffen.

Ein entferntes Rufen erregte Athenas Aufmerksamkeit. Rogers runzelte die Stirn. Er wandte sich an den stämmigen Söldner an seiner Seite. »Sieh nach, was da oben los ist.«

Selene blickte Athena an und flüsterte tonlos: *»Hörst du das?«*

In der Tat konnte Athena das deutliche Knallen

von Schüssen hören. Eine Schießerei? Von wem? Ares hatte nur ein Gewehr, und sicherlich wäre er nicht allein an einen so bewachten Ort gekommen.

Könnte es Derek sein? Unwahrscheinlich, denn wie Ares würde er nicht wissen, wo sie zu finden war. Ganz zu schweigen davon, dass nur ein Idiot sich gegen Rogers und seine Schlägertruppe stellen würde.

Wie dem auch sei, dies könnte die Ablenkung sein, die sie für ihre Flucht brauchten.

Das Walkie-Talkie an der Hüfte des Söldners piepte. »Was ist los?«, blaffte er.

Sie hörten alle: »Wir werden angegriffen.«

»Mist.« Rogers starrte den Söldner an. »Geh und hilf.«

Der Mann trottete davon und ließ sie allein mit dem Arzt zurück.

Selene stichelte gegen Rogers. »Klingt so, als seien Ihre Tage der bösen Experimente vorbei. Sie gehen unter.«

»Das bezweifle ich. Meine Männer sind bewaffnet. Sie bräuchten eine Armee –«

Bumm!

Das Gebäude bebte, als hätte es ein kleines Erdbeben gegeben. Ihre Käfige vibrierten, und Staub rieselte von der Decke, woraufhin Rogers besorgt wirkte. »Nicht bewegen. Ich bin gleich wieder da.«

Und schon huschte er davon, eine Kakerlake im Laborkittel.

»Wir sollten diese Ablenkung ausnutzen«, sagte Selene.

»Gute Idee, aber wir sind immer noch hinter Gittern«, erinnerte Athena sie.

»Hey, Mom.« Selene sprach leise. Mom blieb an das Gestell geschnallt, im Moment noch unverletzt, aber das würde sich ändern, sobald Rogers zurückkehrte. »Kannst du deine Hand losmachen?«

Rogers war noch nicht ganz fertig mit dem Anschnallen gewesen, die Lasche der Fesselung steckte noch nicht in der Metallschlaufe.

»Ich weiß es nicht.« Mom streckte die Zunge heraus, als sie sich anstrengte und drehte, um sich zu befreien.

Selene griff nach den Stäben und schüttelte sie. »Das Beben hat meine nicht gelockert.«

»Meine auch nicht«, stellte Athena fest, als sie kräftig daran zerrte.

»Wartet, Babys, ich glaube, ich habe – aha!« Moms Hand war frei. »Gebt mir eine Sekunde.« Mom machte sich an ihrer anderen Hand zu schaffen, während Athena auf gelegentliche Schreie und Schüsse lauschte. Es herrschte ein Kleinkrieg, und sie fragte sich, wer die Eier hatte, Rogers zu verfolgen. Es könnte die Rettung sein, oder jemand Schlimmeres.

Als Mom sich bückte, um an ihren Knöcheln zu arbeiten, schien es, als würden sie es vielleicht tatsächlich schaffen, sich zu befreien.

Und dann gingen die Lichter aus.

KAPITEL FÜNFZEHN

Die Planung zur Rettung von Athena, ihrer Mutter und ihrer Schwester dauerte Stunden, obwohl der Ort nur zwanzig Minuten von ihnen entfernt war. Ares hatte herausgefunden, dass sie in einer alten Kirche festgehalten wurden, die schon lange verlassen war, deren steinernes Gebäude aber noch stand.

»Der Keller ist höchstwahrscheinlich der Ort, an dem sie eingesperrt sind.« Ares zeigte auf ein Bild, das er im Internet gefunden hatte, aufgenommen von einer Drohne. Auf Webseiten, die über verlassene Gebäude informierten, waren Bilder der Kirche zu sehen, sowohl von innen als auch von außen.

»Diese Steinmauern und die Eingangstür

werden stabil sein«, stellte Oma fest. »Die wussten damals, wie man baut.«

»Bessie wird kein Problem haben, sich durchzupflügen«, behauptete Opa.

»Wird das nicht die Struktur destabilisieren?«, entgegnete Derek. »Wenn sie im Keller sind, könnte das ganze Ding auf sie einstürzen.«

»Das ist eine Möglichkeit«, gab Ares zu, »aber wir haben vielleicht keine andere Wahl.« Er deutete auf den Glockenturm. »Wenn wir versuchen, uns zu Fuß zu nähern, könnte ein einziger Scharfschütze hier oben uns alle ausschalten, bevor wir dort sind. Ganz zu schweigen davon, dass sich die Sperrholzplatten über den Fenstern nicht so einfach entfernen lassen. Ich denke, das Überraschungsmoment ist unsere beste Option, und das bekommen wir sicher, wenn wir hier reinplatzen.«

Oma nickte. »Wenn wir Bessie auf die Türen ausrichten und sie in der Öffnung verkeilen, wird sie stützen, falls die Wände nachgeben sollten. Solange Opa weit genug hineinfährt, damit ich mein Schützennest benutzen kann, kann ich euch Deckung geben, während ihr beide in den Keller geht und die Mädchen ausfindig macht.«

»Wenn du von Deckung sprichst, ist dir doch klar, dass du damit Menschen tötest«, meinte Derek.

»Nicht Menschen«, zischte Oma. »Degenerierte Arschlöcher, die meinen, es sei in Ordnung, Menschen zu entführen.«

Dereks Lippen wurden schmal. »Da ist was dran, aber gleichzeitig will ich nicht, dass du den Rest deines Lebens im Knast verbringst.«

»Oh, du süßer Bastard. Du gehst davon aus, dass wir erwischt werden und dass es irgendjemanden interessiert. Wenn wir es richtig machen, retten wir die Mädchen, und um unsere Spuren zu verwischen, bombardieren wir den Ort. Wir bringen ihn zum Einsturz und übergießen ihn dann mit Benzin, bevor wir ihn anzünden, um alle Beweise zu vernichten.«

»Was ist, wenn jemand Bessie auf dem Weg zur und von der Kirche bemerkt?« Derek würde zwar seine Meinung über die Rettung nicht ändern, aber seine Großeltern in Gefahr zu bringen machte ihm Sorgen.

»Bessie hat keine Nummernschilder. Und auch keine Fahrgestellnummer. Soweit die Regierung weiß gibt es sie gar nicht. Wir gehen schnell rein und kommen schnell wieder raus«, konterte Opa.

Sie ließen es so einfach klingen.

Aber wenn sie sich irrten ...

So durfte er nicht denken. Es musste funktionieren. Sie hatten keine andere Wahl. Die Frauen mussten gerettet werden, und zwar bald. Er wollte gar nicht daran denken, was schon alles passiert sein könnte.

»Ich brauche etwas Luft.« Derek ging nach draußen, sog tief Luft ein und betrachtete den Nachthimmel mit seinen funkelnden Sternen.

Ares schloss sich ihm an. »Ich weiß, dass der Plan Schwachstellen hat.«

»Meinst du? Wir haben keine Ahnung, wie viele Wachen dieser Doktor hat oder ob er die Polizei einschalten wird, sobald wir die Kirche erreichen.«

»Ich bezweifle, dass die Bullen ihm helfen werden.«

»Er hat Beziehungen und Geld«, merkte Derek an.

»Das hat er, aber selbst er steht nicht über dem Gesetz. Menschen zu entführen und Experimente durchzuführen ist immer noch höchst illegal.«

»Soweit wir wissen ist es von der Regierung genehmigt.«

»Irgendeine bessere Idee?«

Derek stieß einen Seufzer aus. »Nein. Ich weiß, dass wir das tun müssen, und ich weiß auch, dass Menschen sterben werden. Ich bin nur besorgt, dass es nicht die Bösen sein werden.«

»Ich auch. Ich wünschte, wir hätten mehr Zeit zum Planen. Mehr Leute, die helfen. Einen verdammten Zauberstab. Aber meine Familie hat nur uns.«

»Warum will dieser Rogers euch so sehr? Was macht euch so besonders?« Derek warf einen Blick auf Ares, der die Lippen zusammenpresste.

»Was hat Athena dir erzählt?«

»Nicht viel, nur dass er meinte, sie hätte interessante Gene.«

Ares sagte einen Moment lang nichts, hielt sich nur am Geländer fest und starrte nach draußen, bevor er leise fragte: »Liebst du meine Schwester?«

»Würde ich einen bewaffneten Überfall planen, wenn ich es nicht täte?«, erwiderte er.

»Würdest du sie lieben, egal was passiert? In Krankheit und Gesundheit?«

»Für was für ein Arschloch hältst du mich eigentlich?«

»Ich weiß, dass du es nicht bist, aber was ich dir jetzt sage, ist ziemlich verkorkst.«

»Du weißt also, warum Rogers an Athena interessiert ist?«

»Nicht nur an ihr. Auch an meiner Schwester und mir. Mom wurde wahrscheinlich nur aus Versehen entführt.« Ares hielt inne und senkte den Kopf, bevor er etwas murmelte, das Derek nicht hören konnte.

»Was war das?«

»Ich sagte, wir sind Werwölfe.«

Derek blinzelte. Verarbeitete die Behauptung und lachte dann. »Hör auf.«

»Es ist wahr. Wir haben das Gen von unserem Vater geerbt. Es ist selten, dass alle Kinder es haben, aber wir sind wohl etwas Besonderes.«

Es dauerte einen Moment, bis Derek merkte, dass Ares es ernst meinte. »Werwolf? Das heißt, bei Vollmond wachsen euch Haare und Reißzähne?«

»Ja. Unser Körper verändert auch seine Form. Anders als in den Filmen sind wir keine Wolfsmenschen. Wir verwandeln uns in echte Wölfe. Meine Schwestern könnten als normale Wölfe durchgehen, aber mit meiner Größe falle ich irgendwie als Riese auf.«

»Heilige Scheiße.« Derek wollte ihn einen Lügner nennen. Aber ... er konnte nicht anders, als sich an Athenas Macken zu erinnern. Das Klopfen mit den Beinen, das Schnüffeln, das Jagen. Wie sie in der Nacht des Vollmonds verschwand. Das Werwolf-Dasein erklärte alles, bis auf eine Sache. »Hat euer Vater euch gebissen?«

»Äh, nein?« Ares rümpfte verwirrt die Nase. »Lykaner werden geboren, nicht gemacht.«

»Das ist eine Erleichterung.« Vor allem wenn man bedachte, wie oft er und Athena Flüssigkeiten vermischt hatten.

»Es ist nicht ansteckend, und es kann sogar

Generationen überspringen. Der Vater meines Vaters hatte es nicht, aber sein Großvater schon.«

»Nun, das erklärt zumindest Rogers' Interesse an deiner Familie. Er will sie aus Profit- und Ruhmgründen entlarven.«

»Wenn er das tut, sind sie am Ende. Selbst wenn sie nicht in einer Art Zoo oder Labor gehalten werden, werden sie nie wieder in die Öffentlichkeit gehen oder ein normales Leben führen können. Sie werden geächtet, gejagt –«

»Verletzt oder getötet«, warf Derek ein. Die Menschen hatten lange Zeit Angst vor den Monstern in den Märchenbüchern gehabt. Er bezweifelte nicht, dass einige das Bedürfnis hätten, die Welt von ihnen zu befreien. »Wir müssen schnell handeln, bevor Rogers konkrete Beweise hat. Ich schätze, es ist gut, dass erst in ein paar Wochen wieder Vollmond ist.«

»So viel Zeit haben wir nicht. Während Athena ihre lykanische Seite gut unter Kontrolle hat, hat Selene das nicht. Wenn sie wütend wird, kommt ihr Wolf heraus.«

»Das heißt, sie verwandelt sich ohne den Mond?«

Er nickte. »Deshalb versucht sie immer, fröhlich zu sein. Wenn sie die Beherrschung verliert –« Ares ahmte mit den Händen eine Explosion nach.

»Glaubst du, wir können es schaffen?«, fragte Derek und hoffte auf Ehrlichkeit, denn es fiel ihm schwer. Nicht für sich selbst, sondern für seine Großeltern, die darauf bestanden, sie zu begleiten.

»Das hängt davon ab, wie viele Söldner er in der Gegend herumlaufen hat, und auch von den anderen Sicherheitsleuten. Ich bezweifle, dass er die Zeit hatte, den Ort in eine Festung zu verwandeln.«

»Wir brauchen mehr Informationen.«

»Und ich weiß, wie wir sie bekommen können. Willst du eine Fahrt machen?«

»Wohin? Und um was zu tun?«

»Ich habe eine Drohne in meinem Wagen. Damit können wir die Gegend auskundschaften. Vielleicht können wir sogar die Leute zählen.«

»Sie könnten sie entdecken«, warnte Derek.

»Könnte sein, aber es ist unsere beste Chance, die Informationen zu bekommen, die wir brauchen.«

»Einverstanden. Ich muss nur Oma und Opa Bescheid sagen.«

Ares legte ihm eine Hand auf den Arm, bevor Derek hineingehen konnte. »Sie sind übrigens ziemlich toll. Ich kenne nicht viele Leute in ihrem Alter, die sich eine Waffe umschnallen, einen Panzer fahren und für Leute in den Krieg ziehen würden, die sie nicht kennen.«

»Sie kennen Athena und mögen sie. Ganz zu

schweigen davon, dass Oma und Opa ihr ganzes Leben darauf gewartet haben, gegen *den Mann* zu kämpfen. Man könnte sagen, ein Traum wird für sie wahr.«

Ares lachte. »Meine Oma hat immer Kekse gebacken, und Opa hat immer geschlafen. Du hast Glück.«

»Das habe ich.«

Und das beunruhigte ihn. Er wollte sie nicht verlieren, aber er wusste bereits, dass sie niemals zurückbleiben würden, also machte er sich nicht die Mühe, es zu versuchen. Oma hätte ihm sonst wahrscheinlich eine verpasst. Stattdessen sagte er ihnen, dass sie die Drohne fliegen lassen wollten, worauf Oma und Opa nickten, aber auch darauf bestanden, in Bessie mitzukommen.

»Wir können uns genauso gut außer Sichtweite, aber in der Nähe verstecken, falls wir schnell eingreifen müssen«, meinte Opa. »Sie ist bereits mit unserer Ausrüstung beladen. Es fehlt nur noch eine Sache.«

Diese eine Sache war eine Flasche Whisky, die auf dem Rumpf zerschmettert wurde, um die Jungfernfahrt in die Schlacht einzuleiten.

KAPITEL SECHZEHN

Die Strasse zur alten Kirche war um diese Zeit dunkel und leer. Kein Verkehr, kein Haus, keine einzige Straßenlaterne, was ihre Scheinwerfer umso auffälliger machte.

Er war nicht überrascht, als Ares etwa einen Kilometer vor ihrem Ziel anhielt.

»Wir schicken die Drohne von hier aus hoch.«

Bessie, gefahren von Opa, kam hinter ihnen rumpelnd zum Stehen. Oma steckte den Kopf heraus. »Fliegst du den Vogel?«

»Ja, Ma'am.« Ares hatte ihn auf dem Boden sitzen und hielt einen Controller in der Hand. Während er sich darauf konzentrierte, ihn in die Luft zu bringen und die Gegend auszukundschaften, ging Derek zu Bessie, um sich mit seiner Oma zu unterhalten.

»Seid ihr beide sicher, dass ihr das machen könnt?« Die blauen Flecke an den beiden hatten sich vergrößert. Oma hatte ein blaues Auge, das angeschwollen war und nur einen Schlitz offen ließ.

»Willst du mich jetzt wirklich beleidigen, du kleiner Bastard?«, brummte sie.

»Tut mir leid. Ich vergesse immer wieder, dass du zu störrisch zum Sterben bist.«

Oma neigte den Kopf in Ares' Richtung. »Ich mag ihn. Schade, dass wir keine Enkelin haben, mit der er ausgehen kann.«

»Nun, er könnte immer noch zur Familie gehören, wenn die Sache mit Athena gut läuft.«

»Das wird sie«, sagte Oma mit Zuversicht. »Schließlich paaren Wölfe sich fürs Leben.«

Ihm stockte der Atem. »Äh, was?«

»Versuche gar nicht erst, es zu leugnen. Wir haben alles gehört.«

Blöde Türklingelkamera. »Ihr dürft es niemandem erzählen.« Etwas, das Ares auf der Fahrt hierher betont hatte.

»Natürlich nicht.« Oma rollte mit den Augen. »Als würde ich irgendetwas tun, um meine zukünftigen Enkelkinder zu gefährden.«

Kinder? »Moment, du alte Schachtel, wir sind nur zusammen.«

»Nur?«, schnaubte sie. »Du bist dabei, für das Mädchen in den Krieg zu ziehen. So wie es dein Opa für mich getan hat.«

Opa grunzte. »Ich würde es auch wieder tun. Und bevor du fragst, Junge, der Krieg, von dem sie spricht, war unten in Südamerika. Wir brauchten Geld, also schlossen wir uns einer Söldnergruppe an.«

»Warte, was ist mit Dad?«

»Wir haben ihn bei meiner Schwester gelassen. Wir waren nur ein paar Monate weg.«

»Unsere erste Tötung haben wir als Paar durchgeführt.« Oma lächelte Opa liebevoll an. »Weißt du noch, wie er aus dem Dschungel kam, mit der Bombe an der Brust?«

»Zwei Kugeln in den Kopf. Die haben ihn umgehauen, bevor er explodieren konnte.«

Die Dinge, von denen er nie gewusst hatte ...

Apropos unbekannt, es dauerte dreißig Minuten, bis Ares zurückkehrte, um zu berichten.

»Es gibt zwei Lieferwagen ohne Nummernschild und vier Fahrzeuge, die bei der alten Kirche geparkt sind, ganz hinten, außer Sichtweite. Dort steht auch ein Generator. Draußen habe ich vier Männer gesehen, die patrouillieren. Zwei weitere im Glockenturm. Ich weiß nicht, wie viele drinnen sind, aber ich habe mindestens zwei gezählt, die für eine Zigarette herauskamen.«

»Also etwas Sicherheit, aber nicht wahnsinnig viel.«

»Kein Wunder«, sagte Oma. »Zu viele Fahrzeuge und fremde Gesichter in der Gegend würden Aufmerksamkeit erregen. Und dann ist da noch das Budget. Dieser Arzt musste umziehen, was mit Sicherheit viel Geld gekostet hat. Und dann ist da noch das Gehalt dieser Söldner. Es könnte sein, dass der Geldbeutel knapp wird.«

»Hoffen wir es, denn mit einem Dutzend Männern werden wir leicht fertig, vor allem wenn wir einige von ihnen vorher ausschalten.« Ares warf einen Blick auf Opa. »Wie gut können Sie zielen?«

»Du wirst Oma als Scharfschützen brauchen. Sie hat immer noch das bessere Auge von uns beiden.«

»Warum ist sie dann nicht diejenige, die jagt?«, fragte Derek.

»Weil diese Knochen Kälte und Feuchtigkeit hassen. Apropos, ich habe heißen Kakao in einer Thermoskanne und Kekse in einer Dose. Möchte jemand einen Snack?« Oma hatte eine Vorliebe dafür, die Leute zu füttern, anscheinend sogar in Zeiten von starkem Stress.

Sie aßen und tranken, während sie sich das

Filmmaterial ansahen. Trotz Dereks Befürchtungen schien es wirklich so, als sei es die beste Möglichkeit, mit Bessie die Vordertür zu rammen, um ins Gebäude zu kommen.

Als die Morgendämmerung nahte, machten sie sich bereit und aßen erneut, da Oma darauf bestand, dass sie sich die Bäuche vollschlugen. Vielleicht hatte sie recht, denn er war danach hellwach. Was dazu führte, dass er sie misstrauisch musterte. »Was war in diesen Muffins und dem Eiweißshake?«

»Warum fragst du?«

»Oma ...« In seinem Tonfall lag eine Warnung.

»Nur ein paar Vitamine und etwas Koffein ... oh, und etwas, über das ich nicht sprechen darf, weil es technisch gesehen nicht auf dem Markt ist.«

»Was zum Teufel?«, rief er aus.

»Ich habe dir gerade gesagt, dass ich dir nicht sagen darf, was es ist, verdammt. Es genügt zu erwähnen, dass es ein bisschen wie ein Aufputschmittel wirkt. Sieh es wie einen Adrenalinschub, der erst nach ein paar Stunden nachlässt.« Oma grinste.

»Ist es sicher?«, rief er aus.

»Bei einem gewissen älteren Politiker hat es anscheinend gut funktioniert.« Und das war alles, was sie sagte.

Mit ausgeschalteten Scheinwerfern fuhr Derek

noch einmal mit Ares, denn sie würden diejenigen sein, die hineinstürmten, nachdem Bessie sich den Weg gebahnt hatte. Oma hatte ihr Gewehr und ihr Zielfernrohr dabei und saß auf dem Schützensitz, das Mini-Maschinengewehr bereits entsichert und bereit, jeden Gegner niederzumähen, während Opa fuhr. Sie würden das Fahrzeug nur verlassen, wenn sie keine andere Wahl hatten. Derek hatte ihnen das Versprechen abgenommen. Bessie war kugelsicher. Sie waren es nicht.

Als Oma ihn darauf hinwies, dass auch er aus Fleisch war, knurrte er: »Wenn du getötet wirst, werde ich täglich auf dein Grab pissen.«

»Und wenn du stirbst, du kleiner Bastard, werde ich nie wieder Kekse backen.«

Ihre Version von *Ich liebe dich*.

So gut vorbereitet, wie sie sein konnten, zogen sie in den Krieg.

Zumindest fühlte es sich so an.

Er und Ares machten ein grimmiges Gesicht, als sie sich der alten Kirche näherten und langsam durch die Dunkelheit rollten, in der Hoffnung auf ein Überraschungsmoment, falls das überhaupt möglich war angesichts des Knurrens des Pick-ups und des noch intensiveren Rumpelns von Bessie.

Als sie auf den Parkplatz der Kirche fuhren, der von Unkraut überwuchert war und auf dem sich sogar ein paar Schösslinge durch das Pflaster drückten, gingen helle Lichter an, die vom Glockenturm aus auf sie gerichtet waren. Eine Stimme blaffte: »Sie befinden sich in einem Sperrgebiet.«

Derek warf einen Blick auf Ares. »Wenn ich es nicht schaffe, sag Athena, dass ich sie liebe, auch wenn sie haariger ist als ich.«

Ares' Lippen zuckten. »Hoffentlich schaffst du es lebend heraus, sonst werde ich wohl genauso tot sein wie du, weil meine Schwester mich umbringen wird.«

Der Mann mit dem Megafon schrie immer noch. »Steigen Sie mit erhobenen Händen aus den Fahrzeugen aus.« Offenbar durften sie nicht mehr verschwinden.

»Showtime«, verkündete Ares und sprang, ohne zu zögern, heraus. Derek bewegte sich langsamer. Er war überzeugt, dass man ihn erschießen würde. Er wunderte sich über ihre Verrücktheit, zu glauben, sie könnten als Rettungsteam fungieren. Sie hatten weder die Erfahrung noch –

Knall.

Der Kerl im Glockenturm feuerte zuerst, das Geschoss bohrte sich in die Tür des Pick-ups und ließ Derek die Kinnlade herunterfallen. Diese Kerle alberten nicht herum.

Oma schrie: »Arschloch, wie kannst du es wagen, auf meinen Enkel zu schießen!«

»Ergeben Sie sich jetzt oder –« Derjenige, der in das Megafon brüllte, brach mitten im Satz ab, als Oma ihn ausschaltete. Entweder hatte der Kerl Nerven wie Drahtseile und schrie nicht wegen seiner Verletzung oder Oma hatte ihn getötet.

Einen Mann getötet.

Das passierte wirklich.

Heilige Scheiße. Derek blieb geduckt hinter der Tür des Pick-ups. Er warf einen Blick durch das Fahrerhaus auf Ares, der auf der anderen Seite kauerte.

Bessie schaltete vom Leerlauf auf Fahren. Omas Kopf und Schultern lugten aus der Dachluke hervor, als sie mit ihrem Gewehr zielte, anstatt sie mit dem montierten Maschinengewehr niederzumähen.

Knall. Dieses Mal schrie jemand, als er vom Glockenturm fiel. Ein Scharfschütze war ausgeschaltet, aber es blieb immer noch ein weiterer übrig und die patrouillierenden Wachen, die das bemerkten. Sie versteckten sich, wo sie konnten, und begannen zu schießen. Es kam jedoch niemand aus der Kirche heraus.

Also fuhr Bessie zu ihnen.

Krach. Das gepanzerte Fahrzeug prallte gegen die Holztüren, die daraufhin aufrissen, zusammen mit einem Teil des Mauerwerks. Oma hatte sich in Bessie zurückgezogen, aber das hinderte sie nicht daran, mit der montierten Artillerie zu feuern. *Tika-tika-tika.* Sie schoss auf jeden, den sie drinnen sah. Hoffentlich keine Unschuldigen. Bitte nicht Athena. Sie hatten sie im Keller vermutet, aber was, wenn sie sich geirrt hatten?

Jetzt war es zu spät.

Als er den Knall eines Gewehrs hörte, gefolgt von einem Grunzen, blickte er zu Ares. Der Mann hatte sich eine Hand auf die Schulter geschlagen. Blut sickerte darunter hervor.

»Der Wichser hat auf mich geschossen.« Mit diesen Worten lief Ares los, und Derek fluchte. Er konnte den Kerl nicht allein lassen, während seine Großeltern drinnen waren.

In einem kugelsicheren Fahrzeug. Um die bösen Jungs zu erschießen.

Ares brauchte ihn mehr.

Derek sprintete um den Wagen herum. Von dem Mann war nichts zu sehen, es sei denn, die Kleidung auf dem Boden, die von einem aufsteigenden Nebel umhüllt war, zählte.

Dem Knurren ging ein hoher Schrei voraus, und Derek brauchte nur eine Sekunde, um die Quelle auszumachen und dann zu starren. Trotz des Nebels, der sich zu verwirbeln begann, sah er den Wolf, der einen Mann am Boden zerfleischte.

Ein verdammt großer Wolf.

Verdammte.

Scheiße.

Er.

Ist.

Ein.

Werwolf.

Ares' Behauptung zu hören und es zu sehen? Zwei verschiedene Dinge. Es machte auch deutlich, wie wichtig es war, Athena und ihre Familie von hier wegzubringen.

Der Wolf schwang den Kopf und kläffte.

Derek sprach zwar keine Hundesprache, aber es brauchte nicht viel, um zu erraten, was er sagte.

Beweg deinen Arsch hinein und befreie sie.

So viel dazu, dass sie zusammen gingen. Andererseits, wenn Ares die Söldner draußen beschäftigte, hatte Derek in der Kirche weniger zu tun.

Ein Schuss wurde abgefeuert, und eine Kugel grub sich neben Ares in den Boden. Der Wolf sprintete in die Richtung, aus der das Geschoss gekommen war, und der Nebel verschluckte seine Gestalt. Derek lief auf die Kirche zu, wo immer noch Waffen abgefeuert wurden.

Er schlüpfte durch die Öffnung, die Bessie geschaffen hatte, und drückte sich an die Seite, wobei der sich absetzende Staub half, seine

Ankunft zu verbergen. Die Lichter, die von der gewölbten Decke hingen, zeigten, dass mehr Menschen drinnen waren als erwartet. Er zählte fünf Körper und mindestens ein Dutzend weitere, die nur auf dieser Etage schossen. Was blieb da noch im Keller? Das spielte keine Rolle. Er musste trotzdem gehen.

Im Gegensatz zu seinen Großeltern hatte Derek einen Revolver und kein Gewehr, weil er die bessere Manövrierbarkeit der Waffe vor allem im Nahbereich schätzte. Er war zwar kein Scharfschütze wie seine Großmutter, aber er konnte treffen, worauf er zielte.

Seine Hand war ruhiger als erwartet, als er die Waffe ergriff. Er hatte erwartet, dass er nervös sein würde. Sogar ein wenig verängstigt. Schließlich handelte es sich hier nicht um eine Prügelei, bei der beide Parteien ungeschoren davonkommen würden. Diese Typen schossen, um zu töten. Wenn er nicht das Gleiche tat, würde er sterben, und dann waren Athena, ihre Familie und seine Familie am Arsch.

Er schlich um den äußeren Rand des Raumes herum, wobei der Staub in der Luft es schwer machte, viel zu sehen. Die Bilder, die sie von der Kirche studiert hatten, mit ihren verrottenden Kirchenbänken und verblassten Fresken an den Wänden, hatten keine Ähnlichkeit mit dem jetzigen

Raum. Das gesamte Hauptgeschoss war für Schreibtische und Maschinen freigeräumt worden. Medizinische Geräte, vermutete er, als er einige davon sah, die Fläschchen hielten. Die Lichter an ihnen blinkten, Motoren surrten, und irgendetwas piepste ständig.

Es gab auch Computer, deren Tastaturen und Monitore verlassen waren, wahrscheinlich, als die Schießerei begann.

Er sah eine Frau, die mit dem Gesicht nach unten auf dem Boden lag und in ihrem weißen Kittel zitterte. Keine Söldnerin. Nur jemand, der für Rogers arbeitete. Als er an ihr vorbeischlich, drehte sie den Kopf und sah ihn. Ihre Augen weiteten sich.

Er versuchte, ihr einen beruhigenden Blick zuzuwerfen.

Sie zwang sich in eine sitzende Position und zog unter seinem ungläubigen Blick eine Waffe.

Er dachte nicht nach, sondern feuerte. Sein Schuss war etwas unkontrolliert, traf sie aber dennoch in die Schulter. Sie schrie vor Schmerz auf und ließ ihre Waffe fallen.

Oma würde ihn wahrscheinlich anschreien, aber er feuerte keinen letzten Schuss ab.

Stattdessen bewegte er sich schneller in Richtung Treppe und stieß mit dem ersten Söldner zusammen. Der Kerl hatte eine Waffe in der Hand und stand am oberen Ende der Treppe Wache, die Augen hinter einer Schutzbrille versteckt, eine Maske über der unteren Hälfte seines Gesichts. Er sah aus wie ein Bösewicht in einem seiner Videospiele, was es diesmal leichter machte, zu zielen und zu schießen.

Der Söldner ging zu Boden, ohne seine Waffe abzufeuern, und einen Moment später hatte Derek seinen Fuß auf der ersten Stufe.

In diesem Moment gingen die Lichter aus.

KAPITEL SIEBZEHN

Die Lichter gingen aus, und mit dem Fehlen der brummenden Maschinen wurde die Stille ohrenbetäubend. Auch die Schießerei hörte für den Moment auf.

»Mom?«, rief Athena.

»Ich bin noch da, Kleines. Ich habe meine Füße fast befreit.« Ein Zischen, und Mom rief: »Ich bin frei, aber ich kann nichts sehen.«

»Folge meiner Stimme.« Athena begann zu sprechen. »Geh einfach langsam und halte die Hände vor dich, damit du nicht mit dem Gesicht gegen etwas stößt.«

»Was ist los?«, fragte Mom.

»Ares ist gekommen«, antwortete Selene.

»Woher wusste er, wo er uns findet?«, fragte Athena.

»Ich konnte vorher nichts sagen, wegen der Kameras, aber er hat uns GPS-Chips gesetzt, als du verschwunden bist. Damals dachte ich, er sei ein bisschen verrückt, aber wie sich herausstellt, hatte er die richtige Idee.«

»Gechipt?« Athena wusste nicht einmal, dass das möglich war.

»Es ist wie eine Art AirTag für Menschen, nur dass es in unserem Körper steckt.«

»Na, verdammt.« Kein Wunder, dass Selene so zuversichtlich wirkte, was die Rettung anging.

»Athena?«

Mom hörte sich nahe an, und Athena murmelte: »Nicht mehr weit, Mom. Nur noch ein paar Schritte.« Sie hörte die Hand, die gegen ihre Gitterstäbe klatschte, mehr als dass sie sie sah. »Du hast mich gefunden. Jetzt fühle nach dem Schloss.« Der Arzt hatte diesmal keine elektronischen, sondern gute, altmodische Vorhängeschlösser verwendet.

»Wie soll ich es öffnen? Ich habe keinen Schlüssel.«

»Mist.« Aus irgendeinem Grund hatte Athena diese entscheidende Tatsache vergessen. »Vielleicht kannst du es zertrümmern.«

»Womit?«, schnaubte ihre Mutter. »Verdammt. Ich wünschte, ich könnte sehen. Lass mich mal nachsehen, was ich finden kann.« Mom ging davon, ihre Füße schlurften auf dem Boden.

Selene seufzte. »Wir sind so dumm. Rogers hat den Schlüssel.«

»Das ist mir bewusst.« Ihre Ohren fingen ein Geräusch auf. »Da kommt jemand. Versteck dich, Mom.« Ein Widerspruch in sich, da keiner von ihnen etwas sehen konnte.

Die Person, die herunterkam, hatte einen schweren Schritt, aber erst als sie »Athena?« hörte, entspannte sie sich, und ihr Herz zersprang.

»Derek!«

»Gott sei Dank. Bist du in Ordnung?«, rief er.

»Ja, aber meine Schwester und ich sitzen in einem Käfig fest.«

»Was ist mit deiner Mutter? Ist sie auch hier?«, fragte er.

»Ich bin hier«, zwitscherte Mom. »Du musst der Mann sein, wegen dem Athena rot geworden ist.«

»Mom!« Athena spürte, wie ihre Wangen heiß wurden, und war froh, dass Derek sie nicht sehen konnte.

»Was? Es ist wahr. Das habe ich bei dir noch nie gesehen«, erwiderte Mom.

»Hallo, Ma'am. Was halten Sie davon, wenn wir von hier verschwinden, damit wir uns tatsächlich kennenlernen können?« Dereks Worte klangen amüsiert.

»Ich habe etwas gesucht, um die Schlösser zu knacken«, erklärte Mom. »Rogers hat den Schlüssel.«

»Da kann ich helfen. Athena, wo bist du?«

»Hier drüben, Schatz. Ich nehme an, Ares hat dich rekrutiert?«

»Ja, er ist auf der Suche nach dir bei der Farm aufgetaucht und hat uns erzählt, was mit deiner Schwester und deiner Mutter passiert ist. Tut uns leid, dass wir nicht früher hier waren. Wir mussten erst die Lage auskundschaften, um sicherzugehen, dass wir mit unserer Rettung nicht scheitern.«

»Geht es deinen Großeltern gut? Rogers und seine Schläger haben sie angegriffen.«

»Es geht ihnen gut und sie sind in Höchstform. Ich habe sie noch nie so aufgeregt gesehen. Opa hat gehofft, dass er Bessie noch benutzen kann, bevor er stirbt.«

»Bessie?«

»Bessie ist ein gepanzertes Fahrzeug, an dem er jahrelang herumgebastelt hat. Stell es dir wie einen Mad-Max-Truck für die Apokalypse vor.«

»Warte mal. Er ist hier?«

»Oma auch.« Seine Stimme klang nahe. »Was glaubst du, wer Rogers' Männer zurückhält?«

Selene fing an zu lachen. »Oh mein Gott, du hast gar nicht erwähnt, wie cool seine Familie ist.«

»Sehr cool, mit Ausnahme seines Arsches von einem Cousin«, murmelte Athena.

»Oma hätte Frank fast umgebracht. Vielleicht tut sie es auch jetzt noch«, antwortete Derek, der direkt vor ihr stand. Er war so nahe, dass sie seine Hände fand, als sie mit den Fingern über die Gitterstäbe strich.

Er umklammerte sie fest und flüsterte: »Es tut mir so leid, dass ich nicht da war, Süße.«

»Du bist jetzt hier. Du konntest es nicht wissen.«

»Bist du sicher, dass es dir gut geht?«

»Es wird mir besser gehen, sobald ich aus diesem verdammten Käfig raus bin«, brummte sie.

»Bleib zurück, während ich auf das Schloss schieße.«

Athena schlurfte zur Rückseite des Käfigs, und ihre Ohren vibrierten, als er schoss.

»Warte, während ich ... Ich hab's. Komm schon«, befahl Derek.

»Ich komme. Hilf meiner Schwester. Sie ist genau gegenüber von mir.«

Er verschwand, und sie ging auf die Vorderseite

ihres Käfigs zu, wobei sie mit den Händen nach der Öffnung tastete und hinaustrat.

Peng.

Selene krähte: »Freiheit!«

»Du und dieser Film«, schnaubte Athena, aber gutmütig. Vielleicht würden sie diesen Ort lebend verlassen.

Vielleicht ...

Sie mussten erst noch sehen, wie es außerhalb des Kellers aussah. Es fielen zwar keine Schüsse, aber das bedeutete gar nichts.

»Mom?«

»Ich bin hier, Kleines.«

Sie spürte ihre Mutter eine Sekunde, bevor sie mit den Fingern ihren Arm umklammerte. »Selene? Derek?«

»Ich habe deine Schwester«, antwortete Derek. »Lasst uns nach oben gehen. Bleibt hinter mir.«

»Auch noch ritterlich, du Glückspilz«, murmelte Selene.

»Pfoten weg von meinem Mann«, murmelte Athena, woraufhin ihre Schwester lachte.

Ihre Schwester klammerte sich an Mom, die zwischen ihnen schlurfte, als sie sich auf den Weg zur Treppe machten, wobei Derek voranging und fluchte, als er sich den Fuß stieß. »Geht nach links. Da ist etwas im Weg.«

Sie folgten seinen Anweisungen und schafften es durch den Raum.

»Wo sind wir?«, flüsterte Athena.

»Verlassener Kirchenkeller. Passt auf, wo ihr hintretet. Die Treppe ist geradeaus.«

Er schlich als Erster hinauf, während Athena mit ihrer Mutter und ihrer Schwester zurückblieb, auch wenn es sie juckte, an seiner Seite zu sein. Dies war nicht sein Kampf, aber er hatte sich freiwillig gemeldet, er und seine Großeltern. Es war unvorstellbar, dass sie sich für sie, die sie erst einen Monat kannten, in Gefahr begaben.

Es dauerte einen Moment, bis sie merkte, dass sie sehen konnte. Das Licht wurde allmählich heller, das Schwarz wurde zu Grau, und es war feucht.

»Es ist Nebel aufgezogen«, murmelte er. Der Morgennebel war im Herbst üblich, wenn der wärmere Boden auf die kühlere Luft traf.

Sie traten aus dem Treppenhaus in einen Raum, von dem sie annahm, dass es sich um einen höhlenartigen Raum handelte, den sie aber nicht wirklich sehen konnte, da das Licht aus war und die feuchte Luft ihre Haut küsste.

Es war still, zu still, und Derek murmelte: »Bessie läuft nicht.«

»Ist das schlimm?«, flüsterte sie zurück.

»Hoffentlich nicht. Bleibt zusammen. Haltet

euch alle aneinander fest. Ich bringe uns in Richtung der Tür.« Sie hakte ihre Finger in die Schlaufen seiner Hose ein, damit seine Hände frei blieben, auch wenn sie eine davon am liebsten festhalten wollte. Mom hielt sich am Saum von Athenas Hemd fest, und sie nahm an, dass Selene dasselbe bei ihrer Mom tat.

Sie schlurften, ihre Füße rutschten und klangen viel zu laut. Ab und zu stieß ihr Fuß gegen etwas Weiches und Matschiges, einen Körper, aber der Tritt gegen etwas, das beim Rollen klapperte, ließ Derek »Scheiße« zischen.

»Bist du das, kleiner Bastard?«, brüllte Oma plötzlich.

»Ja, ich bin es, du verrückte Alte. Ich habe Athena und ihre Familie. Wie sieht's aus?«

»Ich glaube, die Kirche ist leer. Schwer zu sagen, wenn das Licht aus ist und mit diesem verdammten Nebel«, beschwerte Oma sich. »Ich hätte die Nachtsichtbrille mitnehmen sollen.«

»Habt ihr Rogers erwischt?«, rief Athena.

»Ich glaube nicht. Die Männer, die ich erschossen habe, trugen keine weißen Kittel. Er könnte sich im hinteren Büro verstecken.«

»Er darf nicht entkommen«, erklärte Athena. Wenn er floh, müssten sie befürchten, dass er zurückkommen würde.

Derek murmelte: »Bringen wir deine Mutter

und deine Schwester zu Bessie, und dann sehen wir, ob wir ihn aufspüren können.«

»Wenn er nicht schon weg ist«, war ihre ominöse Antwort.

»Ich bezweifle, dass dein Bruder das erlaubt hätte.«

»Wo ist Ares?«, fragte sie, überrascht, dass er nicht bei der Rettungsaktion dabei gewesen war.

»Er kümmert sich um die Wachen draußen. Ich glaube, er hat auch den Generator ausgeschaltet.«

Clever.

Scheinwerfer leuchteten auf, vom Nebel gestreut, aber sie gaben ihnen eine Richtung vor. So stolperten sie nicht über die zertrümmerten Geräte und konnten über die liegenden Körper steigen. Als sie die Lichtquelle erreichten, konnte sie Bessie sehen, und sie entpuppte sich als genau das, was Derek beschrieben hatte: ein futuristischer Panzerwagen mit einem grinsenden Opa auf dem Fahrersitz. Oma schaute oben heraus, ihr graues Haar lugte hervor, und sie sah mit ihrem breiten Grinsen und dem Gewehr in der Hand ein wenig dämonisch aus.

»Steigt durch die Beifahrertür ein«, rief Oma. »In den Thermoskannen sind Kakao und Tee, und es gibt auch etwas zu essen, falls ihr Hunger habt.«

»Danke«, rief Mom aus. »Ich danke dir sehr,

Gertie. Von jetzt an geht dein ganzer Honig aufs Haus.«

Es dauerte eine Sekunde, bis Athena begriff, dass das Omas richtiger Name war.

»Bah. Ich sollte dich bezahlen. So viel Spaß hatte ich seit Jahren nicht mehr. Steigt ein. Steigt ein. Wir werden gleich rückwärtsfahren und diesen Ort in die Luft jagen. Wir müssen die Beweise verstecken.«

Athena war mit diesem Plan einverstanden. Auch wenn einige von Rogers' Forschungsergebnissen irgendwo auf einer Festplatte verbleiben würden, würden zumindest die Proben zerstört werden.

Mom und Selene verschwendeten keine Zeit damit, in Bessie einzusteigen, aber Athena schloss sich ihnen nicht an. Sie war mit der Jagd noch nicht fertig.

»Hier entlang.« Derek hielt ihre Hand, während er mit der anderen eine Waffe umklammerte. Er führte sie nach draußen in eine Welt aus wirbelndem Nebel. Im Freien hing er so dicht, dass sie Derek an ihrer Seite kaum sehen konnte.

Er dämpfte auch die Geräusche, und so sehr sie sich auch anstrengte, sie hatte Mühe, etwas zu hören. In diesem Nebel würde sie Rogers niemals finden.

Grawr. Das plötzliche Knurren eines Wolfes und ein Mann, der rief: »Wo ist er?«, brachten sie dazu, sich schnell zu bewegen und sofort zu stolpern, als sie am unebenen Pflaster hängenblieb.

Derek zog sie hoch, bevor sie auf dem Boden aufschlug. »Geh langsamer«, mahnte er. »Es hilft deinem Bruder nicht viel, wenn du dir einen Knöchel verstauchst oder Schlimmeres.«

Sie bewegte sich langsam und ärgerte sich über ihre Geschwindigkeit, aber Derek hatte recht. Sie konnte nicht zulassen, dass eine Dummheit sie davon abhielt, ihrem Bruder zu helfen.

»Ich sehe ihn, ahh!«, schrie ein Mann, als die Geräusche des Knurrens lauter wurden.

Ein plötzliches Aufjaulen ließ Athena zusammenzucken.

»Ich habe ihn!«, krähte jemand. »Schießt noch einen Betäubungspfeil auf ihn. Er geht nicht zu Boden.« Derselbe Mann schrie, während das Knurren weiterging.

Sie zuckte bei jedem *Pfft*-Geräusch der abgefeuerten Pfeile zusammen. Armer Ares.

»Er ist am Boden!«, rief jemand, den sie noch nicht sehen konnte.

»Bringt ihn zum Wagen.« Athena erstarrte, als Rogers den Befehl blaffte, seine Stimme unüberhörbar. Der Scheißkerl lebte und schien Ares gefangen genommen zu haben.

»Wir müssen sie aufhalten«, schnaubte sie.

»Sie haben hinten geparkt«, sagte Derek gerade, als ein Motor aufheulte.

Die Richtung führte dazu, dass sie eine Hand an die Kirche schlug und sich damit durch den dichten Nebel orientierte. Als sie um die Ecke bog, sah sie gerade noch rechtzeitig zwei leuchtende Augen im Nebel.

Keine Augen, sondern Scheinwerfer.

»Sie entkommen!«

»Nein, das tun sie nicht«, war Dereks grimmige Antwort. Er zielte und feuerte, das Platzen eines Reifens explosiv laut. Ein weiterer Schuss, und der Motor heulte auf, bevor er ausging.

Die Fahrzeugtüren öffneten sich und Rogers rief: »Erschießt sie.« Schüsse prasselten aus dem Nebel, flogen wild umher, da sie einander nicht sehen konnten. Eine gute Sache für sie.

»Wir müssen das Fahrzeug erreichen«, schnaufte sie.

»Ich gebe dir Deckung. Bleib unten«, riet Derek.

Als er zurückschoss, schrie jemand: »Ich bin getroffen! Oh Gott!«

Athena ging in die Hocke und lief im Zickzack auf das Fahrzeug zu, wobei sie im Nebel nur schwer zu erkennen war. Das Pflaster war hier nicht so uneben, und sie schaffte es, nicht zu stolpern.

Als sie sich plötzlich einem bewaffneten Mann gegenübersah, konnte sie nicht sagen, wer überraschter war.

»Duck dich!«, brüllte Derek aus größerer Nähe als erwartet.

Sie ging zu Boden. Genau wie der Mann, als die Kugel ihn in die Brust traf.

Als sie den laufenden Lieferwagen erreicht hatte, umrundete sie die geöffnete Fahrertür und fand eine Leiche auf dem Boden, die aus einer Wunde am Hals verblutet war. Sie spähte hinein und sah, dass die Vordersitze leer waren, aber hinten ...

Ein sehr großer und bewusstloser Wolf.

Ares ... Oh Scheiße. Wie sollte sie das vor Derek verbergen?

Es blieb keine Zeit. Derek war an ihrer Seite und sah den Wolf. »Keine Panik. Dein Bruder lebt«, erklärte er und strich mit den Händen über Ares' Flanken. »Ein paar Verletzungen, aber nichts, was nicht geflickt werden kann.«

Er wusste es.

»Du bist einverstanden mit ...« Sie deutete mit einer Hand auf die pelzige Gestalt ihres Bruders.

Seine Lippen zuckten. »Es war ein ziemlicher Schock, das zu hören, aber es erklärt eine Menge. Obwohl ich jetzt zu Protokoll gebe, dass ich nicht dafür verantwortlich bin, was du riechst, wenn du an meinem Hintern schnüffelst.«

Ihr Lachen wirkte unpassend. »Na gut.« Sie wandte sich vom Wagen ab. »Der Arzt ist nicht im Wagen.«

»Er kann nicht weit gekommen sein.« Derek blinzelte in den Nebel.

»Aber in welche Richtung?« Sie scannte, so gut sie konnte, aber in dieser Form war ihr Hör-, Seh- und vor allem ihr Geruchssinn stark eingeschränkt.

Wenn sie allerdings ein Wolf wäre ...

Sie warf einen Blick auf Derek. Würde er ihr Verschwinden bemerken?

»Was ist los?«

»Ich muss Rogers finden. Wenn er entkommt, müssen wir verschwinden. Was für uns in Ordnung ist, aber Mom wird die Farm nicht verlassen wollen.«

»Dieser Nebel ist zu dicht«, brummte er.

»Für menschliche Sinne, ja.«

»Tu es.« Er verstand sofort.

»Du wirst dich nicht erschrecken?«

»Kommt drauf an. Willst du mir das Gesicht abreißen?«

»Nein. Du bist süß. Obwohl ich vielleicht in andere Teile beiße.« Sie wackelte mit den Augenbrauen.

Seine Lippen zuckten. »Du solltest gehen, bevor Rogers entkommt.«

»Okay. Könntest du vielleicht wegschauen?«

Er drehte sich um, und sie zog sich schnell aus und warf ihre Kleidung in den Wagen, um sie vor dem feuchten Boden zu schützen. Dann musste sie sich konzentrieren. Anders als ihr Bruder musste sie sich in einen fast Zen-artigen Zustand versetzen, wenn sie versuchte, sich ohne den Vollmond zu verwandeln.

Sie brauchte ein paar beruhigende Atemzüge.

Ein.

Aus.

Dann geschah es, das Sprießen des Fells, die Neuanordnung ihrer Knochen und Muskeln. Als sie auf vier Pfoten auf dem Boden landete, wurde sie von Derek beobachtet, der die Lippen reumütig verzog.

»Tut mir leid, die Neugierde hat mich übermannt.«

Sie bellte.

»Ich werde dich trotzdem noch vögeln, obwohl der Begriff *Hündchenstellung* gerade eine neue Bedeutung bekommen hat.«

Sie schnaufte.

»Ich werde dich später mit Fragen löchern, aber jetzt ... kannst du den Arzt finden?«

Sie tapste um den Wagen herum, schnüffelte

und fand an der Beifahrertür den Geruch, den sie hasste. Rasierwasser, Antiseptikum und reines Arschloch.

Mit einem Kläffen begann sie zu traben, der Nebel verdeckte ihre Sicht, aber der Geruch log nicht. Sie folgte der Spur, die sie vom Parkplatz auf den überwucherten Friedhof führte, wo die Grabsteine im Nebel wie Wächter wirkten. Rogers war auf seiner Flucht gegen einen davon geprallt.

Der Arzt schaffte es über den Friedhof auf das dahinterliegende Feld, wo die geernteten Maisstängel knirschten, wenn man sie streifte, aber noch besser war, dass sie laut knackten, wenn ein Mann mit Schuhen darauf trat, und ihr ein Geräusch gaben, dem sie folgen konnte, während ihre Pfoten geräuschlos über sie hinweggingen.

Ein leise gemurmeltes »Verdammt noch mal, wo ist die Straße?« ließ sie mit dem Schwanz wedeln. Rogers war direkt vor ihr.

Und dann war der Arzt vor ihr, eine massige Gestalt, die den Nebel durchbrach und ein perfektes Ziel darstellte. Sie sprang und warf ihn knurrend zu Boden.

Zu ihrer Überraschung erwies er sich als stärker als erwartet und hievte sie von seinem Körper, bevor er aufstand.

Sie rappelte sich auf vier Pfoten auf, blieb unten, knurrte und pirschte sich an ihn heran.

Der Scheißkerl seufzte. »Du konntest einfach nicht kooperieren, oder? Dir ist doch klar, dass selbst wenn du mich tötest, alle meine Notizen, alles, was ich katalogisiert habe, auf meiner Festplatte bleibt. Das wird dich nicht retten.«

Nein, aber sie würde sich sicher gut dabei fühlen.

»Warum arbeitest du nicht stattdessen mit mir zusammen? Ich könnte dich berühmt machen.«

»In einem Käfig?« Derek tauchte aus dem Nebel auf, die Waffe in der Hand. »Sie ist kein Tier.«

»Sagt der Typ, der vorsätzlich ignoriert, was vor ihm liegt«, spottete Rogers. »Sie und ihre Geschwister sind Monster.«

»Ich sehe hier nur ein Monster, und das trägt kein Fell«, schnauzte Derek.

»Wie kannst du nur so blind sein? Sieh sie dir an. Eine wilde Bestie. Willst du wirklich einen Hund als Mutter deiner Kinder?«

»Moment. Wir sind noch nicht einmal verlobt. Und selbst wenn wir Kinder bekämen, glauben Sie wirklich, es wäre mir wichtig? Glücklich und gesund. Das ist alles, was zählt.«

»Bis sie jemanden verletzen.«

»Wen verletzen?«, spottete Derek. »Der Einzige, der Schaden anrichtet, sind Sie.«

Während Derek redete, kam Athena immer

näher. Sie hätte sogar direkt zum Tötungsbiss ansetzen können, wenn Rogers sich nicht plötzlich mit einem Pfeil in der Hand auf sie gestürzt hätte. Die scharfe Spitze durchbohrte ihre Haut und ihr Fell und entlockte ihr ein Kläffen.

Derek zögerte nicht.

Er schoss Rogers in den Kopf.

Ein einziger Schuss, um den Albtraum zu beenden.

KAPITEL ACHTZEHN

Derek dachte, er würde sich schlechter fühlen, nachdem er kaltblütig jemanden getötet hatte. Aber Rogers zu hören und zu wissen, was er getan hatte und weiterhin tun würde ... Es fühlte sich gut an, diese Art von Übel aus der Welt zu schaffen.

Nicht so lustig? Die Leiche zur Kirche zu bringen. Er konnte sie nicht einfach zurücklassen, damit andere sie fanden.

Bessie rumpelte außerhalb der Kirche und wurde sichtbar, als die Morgensonne den Nebel wegbrannte.

Selene und ihre Mutter taten ihr Bestes, um die Leiche, die draußen lag, in das Gebäude zu schleppen, die eine hielt den Kopf, die andere die Füße, aber beide schnauften vor Anstrengung. Oma und Opa mochten zwar alt sein, aber die jahrelange Arbeit auf einer Farm hatte sie stark gemacht. Sie schleppten jeweils einen ins Gebäude. Derek wusste es besser, als ihnen zu sagen, sie sollten sich hinsetzen, während er sich darum kümmerte.

Derek setzte Rogers ab, bevor er hinausging, um Selene und ihrer Mutter zur Hand zu gehen. »Ich mache das schon.«

»Danke«, murmelte Athenas Mutter. »Für alles.«

»Ares ist hinten im Wagen und hält ein Nickerchen, falls Sie nach ihm sehen wollen.«

Die Frauen huschten davon, ebenso wie Athena, die immer noch im Pelz um die Kirche trabte. Erst als sie außer Sichtweite war, pfiff Oma. »Gut aussehender Wolf. Gut, dass wir noch rechtzeitig hier waren.«

»Bist du damit einverstanden, dass meine Freundin ein Werwolf ist?«, fragte er. Nicht dass es wichtig gewesen wäre. Er konnte nicht ändern, was er fühlte.

»Machst du Witze? Ich werde die tollsten Urenkel aller Zeiten haben!«, rief Oma aus.

Opa hingegen grummelte: »Wir werden ein

paar zusätzliche Gefriertruhen brauchen, um Fleisch zu lagern, wenn sie erst einmal jagen gelernt haben.«

Natürlich konzentrierten seine Großeltern sich auf das Positive. Und er wusste, dass er ihnen vertrauen konnte, das Geheimnis zu bewahren.

»Seid ihr sicher, dass damit alle Beweise für ihre Taten verbrannt werden?«

»Ja. Die Knochen werden vielleicht gefunden, aber die Polizei wird annehmen, dass ein Drogenlabor in die Luft geflogen ist.« Oma zeigte auf eine Kiste im Kofferraum von Bessie. »Du musst nur dieses Meth in einem der Fahrzeuge unterbringen, die sie benutzt haben.«

»Darf ich fragen, woher ihr das Meth habt?«

»Mit Drogen lässt sich hervorragend handeln, wenn die Apokalypse kommt.«

Er unterdrückte einen Seufzer. Sie hatte nicht ganz unrecht.

Es brauchte weniger Zeit als erwartet, alle Leichen zu transportieren und die Drogen zu platzieren. Ares wurde aus dem Lieferwagen auf die Ladefläche seines Pick-ups verfrachtet, wo er weiter döste.

Als es an der Zeit war, das Feuer anzuzünden, bot Oma Athena den Molotowcocktail und das Feuerzeug an – sie hatte sich verwandelt und angezogen, während sie den Tatort räumten.

»Hättest du gern das Vergnügen?«

»Allerdings«, entgegnete Athena.

Sie zündete den Lappen an und warf ihn genau in die zerstörte Türöffnung. Sofort zischten Flammen auf und das Benzin darin entzündete sich.

Sie blieben nicht, um zuzusehen, wie es brannte. Es war besser, weit weg zu sein, bevor jemand das Feuer bemerkte und die Feuerwehr kam, um es zu löschen.

Die Meldung für Derek, das Feuer zu bekämpfen, kam gerade, als sie in die Einfahrt bogen. Fast hätte Derek sich krankgemeldet, aber das war seine Chance sicherzustellen, dass sie nichts vergessen hatten.

Also fuhr er mit dem Pick-up seines Großvaters los und schloss sich der Feuerwehr an, die nichts weiter tun konnte, als dafür zu sorgen, dass das Feuer in der Kirche sich nicht ausbreitete.

Die nächstgelegenen Fahrzeuge wurden ziemlich stark angesengt, aber der Lieferwagen mit den Drogen blieb so unversehrt, dass die Polizisten es als Drogenlabor deklarierten.

Als einer von ihnen Blut auf dem Bürgersteig entdeckte, ging die Theorie von einer Explosion in einem Meth-Labor zu einem Drogenkrieg über. Oder wie der Detective es ausdrückte: »Sieht aus, als hätte eine rivalisierende Bande sie ausgelöscht.

In gewisser Weise eine gute Nachricht für den Steuerzahler, denn tote Verbrecher sind billiger als lebende, die auf ihren Prozess warten.«

Als er wieder auf der Farm ankam, war Derek erschöpft. Als er eintrat, erwartete er, mit Fragen und Chaos bombardiert zu werden, aber stattdessen wartete nur Athena.

»Wo sind denn alle?«, fragte er.

»Aus zum Essen. Deine Oma dachte, du könntest etwas Ruhe und Frieden gebrauchen.«

»Das tue ich.« Er seufzte.

»Willst du, dass ich gehe?«

»Verdammt, nein!« Er zog sie in eine Umarmung, die keinen Raum für Streit ließ. »Geht es allen gut?«

Sie nickte gegen seine Brust und blieb an ihn gekuschelt. »Ares ist aufgewacht und war sauer, dass er das Ende verpasst hat. Selene und Mom geht es gut. Deine Großeltern sind Rockstars.«

»Ja, das sind sie«, stimmte er zu.

»Oma hat dir etwas Wildeintopf dagelassen. Übrigens köstlich.«

Außerdem sehr deftig, und nach zwei Schüsseln war er schon wieder munter.

Aber was ihn wirklich in Schwung brachte?

»Wir sollten dich waschen. Komm schon, Zeit zum Duschen.«

Die Müdigkeit, die ihn geplagt hatte,

verschwand, als er merkte, dass sie sich zu ihm gesellen würde.

Sie zog ihn aus, bevor sie ihn unter den heißen Strahl stellte.

Das heiße Wasser tat seinen müden Muskeln gut, aber nicht so gut wie ihre glitschigen Hände, die mit der Seife über seinen Körper glitten. Er blinzelte sie durch das Wasser an.

»Ich weiß nicht, wie viel Ausdauer ich noch habe, Süße.«

»Wie wäre es, wenn du mich die Arbeit machen lässt?«, sagte sie mit einem Zwinkern.

Sie ließ sich in die Wanne sinken und hockte sich so hin, dass sie auf Augenhöhe mit seinem Schwanz war.

Einem Schwanz, der nicht zu müde war, sich zu erheben.

Sie umfasste seinen Schaft mit seifigen Fingern und begann, zu ziehen und zu streicheln.

Verdammt, das fühlte sich gut an. Er lehnte den Kopf zurück, als er seufzte und sie spielen ließ.

»Dreh dich«, befahl sie.

Er drehte sich, und sie behielt die Finger auf ihm, während sie ihn abspülte und dann an seinen Hüften zerrte, um ihn vom Wasser wegzudrehen. Aber sein Schwanz wurde nicht trocken, nicht mit ihrem Mund, der ihn plötzlich umschloss.

»Oh.« Das war die einzige Silbe, die er grunzen

konnte, als sie seinen Schwanz mit dem Mund bearbeitete, ihre Lippen an seinem Schaft auf und ab gleiten ließ, ihn in den hinteren Teil ihrer Kehle nahm, an ihm saugte und ihn mit den Zähnen reizte.

Er stützte sich mit einer Hand an der Duschwand ab, während sie an ihm saugte und ihm die Knie weich werden ließ. Er stöhnte auf, als sie saugte und seine Spitze neckte. Seine Hüften bewegten sich im Takt, und er spürte, wie seine Hoden sich zusammenzogen.

»Hör besser auf, sonst bekommst du eine salzige Überraschung«, warnte er heiser.

»Mmm. So verlockend.« Sie saugte weiter.

»Ich würde dich lieber ficken«, antwortete er unverblümt. »Ich will in dir kommen. Ich will spüren, wie du dich um mich verkrampfst, wenn du zum Orgasmus kommst.«

Sie erschauderte, hielt inne und sah zu ihm auf, ihre Augen glühten vor Lust. »Das macht es mir unmöglich abzulehnen.«

Seine Lippen zuckten. »Gut. Sollen wir ins Bett gehen?«

»Und das Laken ganz nass machen?« Sie schüttelte den Kopf. »Lass es uns unter der Dusche machen.« Mit diesen Worten beugte sie sich vor, den Hintern nach oben, die Beine gespreizt, und zeigte ihre rosa Muschi.

Mist ...

Er fuhr mit den Fingern über ihren feuchten Schlitz, öffnete ihre Schamlippen und spürte die Hitze und Nässe, die ihn erwartete.

Ihr Arsch wackelte. »Willst du ihn den ganzen Tag angucken oder ihn ficken?«

»Kann ich nicht beides tun?«, antwortete er.

»Nein. Ich brauche dich. Jetzt.«

Kein Mann auf der Welt hätte diese Forderung abgelehnt.

Die Spitze seines Schaftes kitzelte ihr Geschlecht, drückte zwischen ihre Schamlippen und spürte die willkommene Enge ihrer Muschi. Er hielt ihre Hüften fest, um sie ruhig zu halten, während er in sie glitt. Verdammt, sie war so perfekt. Anschmiegsam. Eng.

Hüpfend.

Sie wippte auf den Fersen, drückte sich gegen ihn, trieb ihn tiefer. »Fick mich,« keuchte sie. »Fick mich gut.«

Man sollte meinen, er hätte sich inzwischen an ihre schmutzigen Worte gewöhnt. Daran gewöhnt, dass sie zwischen sanft, sinnlich und hart hin und her schwankte. Jedes Mal machte es ihn ein wenig verrückt.

Auf eine gute Art.

Er gab ihr, was sie wollte. Stieß in ihr williges Fleisch. Stieß schnell, tief und hart zu. Er grub die

Finger in ihr Fleisch, als er in sie eindrang, angetrieben von ihren wimmernden Schreien. Der Sog an seinem Schwanz wurde fester, und er begann zu reiben, indem er die Hüften neigte, immer und immer wieder, und fühlte, wie sie sich immer mehr zusammenzog.

»Oh verdammt, ja«, keuchte sie, als sie kam.

Ein Kräuseln ihrer Muskeln, das ihn nach Luft schnappen und ausrufen ließ: »Ich liebe dich verdammt noch mal.«

Das tat er.

Es gab keine andere Frau, für die er einen Mann getötet hätte.

Keine andere Frau, die ihn so perfekt vervollständigte.

Keine andere, mit der er sein Leben verbringen wollte, bis sie beide faltig und alt waren.

Als ihr Höhepunkt abebbte, zog er sie in seine Arme und hielt sie unter dem warmen Wasser fest, das nun kalt wurde.

»Igitt!« Sie hüpfte aus der Dusche und schnappte sich das Handtuch. Anscheinend das einzige Handtuch.

»Willst du das teilen?«

Sie musterte den Stoff um ihren Körper und dann ihn, bevor sie es nahm und mit einem schelmischen Lächeln überreichte. »Ja, ich teile es, aber nur, weil ich dich liebe.«

Danach war es, als könnten sie nicht mehr aufhören. Sie kuschelten im Bett, murmelten ihre Pläne für die Zukunft und taten so, als würde morgen ein toller Tag werden.

Vielleicht würde er das auch. Solange die Bullen nicht zu genau hinsahen. Aber er wusste, dass es Fragen geben würde. Die Fahrzeuge würden zu den Besitzern führen. Die Besitzer würden zu Dr. Rogers führen. Und dann würde ihr Versuch, mit dem Tatort zu spielen, scheitern.

Hoffentlich wären er, Athena und ihre Familie schon lange weg, wenn das passierte. Er würde mit ihr gehen, wenn sie flohen. Sie würden irgendwo ein neues Leben zusammen aufbauen. Er würde seine Großeltern vermissen, aber er konnte die Liebe, die er für Athena empfand, nicht einfach aufgeben.

Er hoffte, Oma und Opa würden das verstehen.

Sie schliefen eng umschlungen ein und wachten zusammen auf, streckten und berührten sich und lächelten wie die Verrückten. Sie grinsten immer noch, als sie die Treppe hinuntergingen und das Klappern von Töpfen hörten und den Geruch von gebratenem Speck wahrnahmen.

Sie traten in eine Küche voller Menschen. Familie, um genau zu sein. Oma am Herd, Athenas Mutter an ihrer Seite, die ihr zur Hand ging. Selene saß neben Opa, und ihre Hände bewegten sich, während sie sprach. Ares saß auf dem Boden und hatte den Kopf des Hundes in seinem Schoß. Ein Hund, der nicht mehr die Nackenhaare aufstellte, wenn Athena sich näherte.

»Morgen«, murmelte Derek.

Ein Chor von Begrüßungen kam als Antwort. Athena runzelte die Stirn und sagte: »Warum sehen alle aus, als hätten sie einen Spatz gefressen?«

»Meinst du nicht Kaninchen? Spatzen sind nicht einmal ein Snack«, entgegnete Ares.

Athena zog eine Augenbraue hoch. »Was hast du getan?«

»Wie kommst du darauf, dass ich etwas getan habe?«

»Weil ich diesen selbstgefälligen Blick kenne. Du bist furchtbar zufrieden mit dir selbst.«

Ares zuckte mit den Schultern. »Bin ich auch, aber ich kann die Lorbeeren nicht einheimsen. Diese geniale Frau da drüben hat es verdient.«

Das führte dazu, dass Derek nun die Stirn runzelte und sagte: »Oma? Was hast du getan?«

»Nun, als wir gestern zu Abend aßen, kam mir der Gedanke, dass die Polizisten, auch wenn sie größtenteils inkompetent sind, herausfinden könnten, dass Rogers in dieser Kirche war, was sie dann zu seinem Haus führen würde, einem Haus, in dem es vielleicht Dinge gibt, die besser unentdeckt bleiben.«

Derek schürzte die Lippen. »Sag mir nicht, dass du sein Haus in die Luft gejagt hast.«

»Oh nein. Das wäre nicht sehr nett gewesen, wenn man bedenkt, dass er Nachbarn hat. Aber wir haben ihm einen Besuch abgestattet.«

»Um was zu tun?«, fragte Athena.

Selene übernahm das Wort. »Nun, zuerst haben wir seine Festplatten mit allen Informationen über das Lykanthropie-Projekt gelöscht. Dafür kannst du dich bei Opa bedanken. Der Mann ist ein Genie im Knacken von Computern.«

»Opa?« Derek blinzelte.

»Bah, ich mag Rätsel. War gar nicht so schwierig. Der Idiot hatte sein Passwort in einem Code auf seinem Schreibtisch. War nicht so schwer herauszufinden.« Opa spielte den Aufwand herunter.

»Als wir erst einmal in seinen Computer eingedrungen waren, war es ein Leichtes, das Lykaner-Zeug komplett zu löschen, etwas Meth-Material und ein paar Minderjährigen-Pornos einzubauen, oh, und eine Spur, die zeigte, dass er die ihm zugewiesenen Regierungsgelder wäscht.« Selene grinste.

»Wir haben auch seinen Tresor aufgebrochen, in dem sich einige Sicherungslaufwerke befanden. Die haben wir mitgenommen, zusammen mit seinem Pass, Bargeld und einem Koffer voller Kleidung«, fügte Ares hinzu.

»Damit es so aussieht, als sei er geflohen«, murmelte Athena.

Unausgesprochen blieb, dass es Rogers schuldig aussehen ließ.

»Du hast den Teil vergessen, in dem ich mein Gewehr zurücklassen musste«, schimpfte Oma. »Mein Lieblingsgewehr.«

»Das viele Löcher in den Leichen in der Kirche hinterlassen hat«, erinnerte Ares. »Die Spurensicherung wird sie zuordnen und nach dem Besitzer suchen.«

»Und das bin nicht ich. Das ist das Schöne an unregistrierten Schusswaffen.« Dann zu Oma ... »Ich besorge dir ein neues. Ein besseres«, erklärte Opa.

Oma grinste. »Das wirst du bereuen. Du weißt, auf welches ich ein Auge geworfen habe.«

Opa zeigte ein seltenes Lächeln. »Das weiß ich. Und du hast es verdient. Das waren fantastische Schüsse.«

»Das habt ihr alles gestern Abend gemacht?«, quiekte Athena.

»Nun ja. Das musste erledigt werden, bevor die Bullen auftauchen«, erklärte Ares.

»Werden die nicht merken, dass Rogers eine der Leichen ist?« Derek wollte glauben, dass das klappen würde, aber er konnte kein Risiko eingehen.

»Ohne zahnärztliche Unterlagen werden sie das nicht tun«, zwitscherte Selene. »Leider ist ein Rohr über seiner Zahnarztpraxis geplatzt. Das hat alles ruiniert, und der Arzt war zu geizig, um eine externe Datensicherung zu machen.«

»Klingt, als hättet ihr an alles gedacht«, erwiderte Athena.

»Ja, das haben wir. Ich konnte nicht zulassen, dass der kleine Bastard mit dir durchbrennt«, schnauzte Oma.

»Also Oma, hättest du mich vermisst?«

Zu seiner Überraschung warf sie ihm einen Blick zu und murmelte: »Ja, das hätte ich. Aber lass es dir nicht zu Kopf steigen. Genug von diesem rührseligen Blödsinn. Setzt euch alle hin. Es ist Zeit zu essen.«

Die Stimmung war ausgelassen, das Geplauder lebhaft, ein großes Familienfrühstück, von dem er hoffte, noch viele zu bekommen.

Athena saß an seiner Seite, drückte gelegentlich sein Bein, stahl seinen Speck und lachte.

Sie hatten überlebt. Sie waren verliebt.

Was die Tatsache anging, dass seine Freundin ein Werwolf war? Der Himmel war die Grenze, wenn es um Hundewitze und Geschenke ging.

Und als sie ihn später im Flur küsste, wobei sie

wie verrückt mit dem Fuß klopfte, war er nie glücklicher gewesen, denn, wie Oma ihm gesagt hatte, paarten Wölfe sich fürs Leben.

EPILOG

Derek verbrachte den Abend des Vollmonds damit, mit Athenas Mutter Karten zu spielen, einem echten Hai. Als sie ins Bett gingen, hatte er alle seine Smarties verloren. Nicht dass er viel geschlafen hätte. Er wartete auf Athena, die im Morgengrauen zurückkam, nachdem sie die Nacht mit ihren Geschwistern verbracht hatte.

»Hallo, Schatz«, murmelte sie, als sie ins Bett kroch.

»Komm her.« Er nahm sie in den Arm und schmiegte sich an sie, erleichtert, dass sie eine weitere Verwandlung überstanden hatte. Die Sache mit Rogers war nun schon fast zwei Monate her, aber er machte sich immer noch Sorgen, auch wenn niemand auch nur annähernd die Wahrheit erraten konnte.

In den Nachrichten – und in den sozialen Medien – war der Schock groß, als die Ereignisse in der Kirche öffentlich wurden. Ein Drogenlabor, betrieben von dem bekannten Arzt, der seine Leute betrogen hatte und mit einer Menge Geld geflohen war. Die Polizei hatte ihnen die Geschichte abgekauft, und als der Arzt in Verruf geriet, verbesserte sich die Lage für den festgenommenen Bigfoot. Freds lautstarke Befürworter erreichten, dass die Gerichte ihn für empfindungsfähig erklärten und den Bigfoot als solchen freiließen. Der Ogopogo blieb eine Touristenattraktion in seinem See. Allerdings hatten die Tierschützer seine Lebensbedingungen verbessert.

Über Werwölfe wurde nie ein Wort verloren. Niemand klopfte jemals an – obwohl Oma und Opa ein wachsames Auge darauf hatten und sogar ihre Sicherheitsvorkehrungen erhöhten.

Frank wurde wegen Unterschlagung verhaftet, saß im Gefängnis und wartete auf seinen Prozess.

Oma und Athenas Mutter arbeiteten zusammen und stellten einen THC-haltigen Honig her, der sich wie geschnitten Brot verkaufte, da die Leute ihn als Weihnachtsgeschenk und für den Eigengebrauch erstanden.

Er und Athena waren in eine eigene Wohnung

gezogen, verbrachten aber die meisten ihrer Wochenenden auf der einen oder anderen Farm.

Derek war noch nie so glücklich gewesen, eine Freude, die sich noch verdreifachte, als Athena plötzlich aus dem Bett sprang und ins Badezimmer lief, um sich zu übergeben. Und bevor ihn jemand für einen Idioten hält, weil er ihr nicht folgte: Athena mochte es nicht, wenn man ihr die Haare hielt, während sie kotzte.

Als sie zurückkam, zog er eine Augenbraue hoch. »Denkst du immer noch, es war das Sushi?«

Ihr schiefes Lächeln sagte alles. »Ich schätze, es ist gut, dass wir eine Dreizimmerwohnung gemietet haben.« Denn nächstes Jahr um diese Zeit würde hier ein kleiner Mensch herumkrabbeln – oder traben.

»Ich liebe dich«, sagte er. Mehr als er sich je hätte vorstellen können.

»Beweise es«, sagte sie, als sie zurück ins Bett kroch.

»Wie? Massage? Der beste Oralverkehr deines Lebens? Sag es, und es gehört dir.«

»Ich will Eiscreme. Und zwar einen Eisbecher. Mit Schlagsahne und Bananen.«

»Es ist sechs Uhr morgens«, erinnerte er sie.

»Und?«

»Für dich tue ich alles.«

Und er meinte es ernst. Jetzt und immer.

Ares lud die Bäume aus, die er für den Weihnachtsmarkt geschlagen hatte. Früher hatten sie den Leuten erlaubt, ihre eigenen Bäume auf der Farm auszusuchen, aber es hatte zu viele Zwischenfälle mit Idioten gegeben, die nicht auf die Anweisungen hörten und sich mit der Axt als unheimlich erwiesen. Es war viel besser, sie auf dem Markt fertig anzubieten. Schnelles Geld, mit dem er seine Mutter und Schwestern verwöhnen würde. Ein kleines Zubrot wäre auch nett, denn Athena schien ein Kind mit ihrem Freund zu erwarten. Nicht dass sie es verkündet hätte, aber Ares hatte die Veränderung an ihr während ihres Mondlaufs gerochen.

Als Ares von seinem angelehnten Stapel herumwirbelte, um sich einen weiteren Baum zu schnappen, erschrak er bei dem Anblick eines kleinen Mädchens, das ihn anstarrte.

Rosige Wangen, leuchtende Augen. Ihre rote Wollmütze und die Fäustlinge passten überhaupt nicht zu ihrem hellblauen Schneeanzug.

»Hallo«, zwitscherte das Kind.

»Hey.«

»Deine Bäume sind zerdrückt«, bemerkte sie.

»Sie werden sich schön aufplustern, sobald wir die Schnüre lösen.«

Das Kind legte den Kopf schief. »Mama sagt, echte Bäume sind unordentlich.«

»Manchmal, aber sie riechen wirklich gut.« Gut genug, dass er offenbar dagegen gepinkelt hatte, als er klein war, ohne Rücksicht darauf, dass sie im Wohnzimmer standen. Das machte seine Mutter wahnsinnig, während Dad immer lachte und behauptete: *»Der Junge markiert nur sein Revier.«*

»Greta, du solltest diesen Mann besser nicht nerven«, rief eine Frau, die mit ihren leuchtend rosa Ohrenschützern ihr aschblondes Haar zurückhielt, als sie herbeieilte.

»Er hat richtige Bäume, Mommy.« Greta zeigte auf sie. »Jetzt sind sie zerdrückt, aber er sagt, sie riechen gut und werden fluffig. Können wir einen haben?«

»Wir holen keinen Baum, Süße.«

Der Knirps verzog die Lippen. »Ich weiß. Weil wir etwas zu essen brauchen und keine fri-vol-ligen Dinge.«

Ares verkrampfte sich, als das Kind ungewollt den wahren Grund verriet, warum Mom keinen hatte.

»Eines Tages werde ich dir den größten Baum besorgen, den du je gesehen hast«, murmelte die Frau, während sie sich neben das Kind hockte.

»Okay.« Greta hatte keinen Wutanfall wie andere Kinder.

Mom beugte sich dicht vor und flüsterte: »Ich habe einen Schneemann wandern sehen.«

»Schneemänner können nicht laufen«, schnaubte das Kind.

»Aber dieser hier schon, und er hat Zuckerstangen!«

»Oooh.« Greta sah sich nach links und rechts um, bevor sie die verkleidete Person entdeckte. »Ich sehe ihn!« Sie stürzte sich auf den Schneemann mit den Süßigkeiten.

Die Frau erhob sich. »Tut mir leid, wenn sie Sie gestört hat.«

»Nein, sie war in Ordnung. Niedliches Kind.«

»Frühreif und ohne Filter, meinen Sie.«

Seine Lippen zuckten. »Das ist sie. Sie hat erwähnt, dass Sie keinen Baum haben. Warum nehmen Sie nicht einen aufs Haus?«

Sie musterte ihn, ihr Blick misstrauisch angesichts dieses Angebots. »Ich brauche Ihre Almosen nicht.«

»Das sind keine Almosen. Ich weiß bereits, dass ich sie nicht alle verkaufen werde. Wenn Sie jetzt einen nehmen, muss ich ihn nicht zu mir nach Hause schleppen.«

Sie schürzte die Lippen. »Ihr Angebot ist zwar nett, aber ich fürchte, ich habe keine Möglichkeit, ihn zu uns nach Hause zu bringen. Aber ich danke Ihnen.«

Damit machte die hübsche Frau sich auf den Weg zu ihrer Tochter, und Ares ertappte sich dabei, dass er ihr oft nachsah, während sie über den Weihnachtsmarkt schlenderte. Sie kaufte nichts, aber sie bescherte ihrem Kind einen vergnüglichen Nachmittag mit Gesichtsbemalung, einem Besuch vom Weihnachtsmann und natürlich einer Handvoll Zuckerstangen.

Als Ares Feierabend machte und fünf Bäume auf den Anhänger lud, mit dem er sie transportiert hatte, bemerkte er einen roten Fäustling, der auf dem Boden lag. Es war ein Wollfäustling, den er wiedererkannte, und auf der Innenseite war ein Name eingestickt.

Greta Dawson.

Das Kind würde ihn brauchen, denn es war Schnee angesagt und die Mutter war knapp bei Kasse.

Den Wohnort von Greta und ihrer Mutter ausfindig zu machen war kein Stalking, sondern eher eine gute Tat. Es war nicht schwer. Es gab nicht viele Dawsons in dieser Gegend.

Eine, um genau zu sein.

Das Reihenhaus, das wahrscheinlich seit seinem Bau vor fünfzig Jahren keine guten Jahre mehr gesehen hatte, sah im Vergleich zu seinen

Nachbarn ordentlich aus. Der Gehweg war von Schnee und Eis befreit. An der Tür hing ein Kranz, der offensichtlich von einem Kind gemacht worden war. Das Fenster war mit aus Papier ausgeschnittenen Schneeflocken verziert.

Ares klopfte und wartete.

Als die Tür aufflog, rief die Frau: »Was machen Sie hier?«

Er hielt den Fäustling hoch. »Den habe ich gefunden.«

Bevor die Frau etwas erwidern konnte, ertönte ein markerschütternder Schrei aus dem Inneren.

Die Frau drehte sich um und stürmte ins Haus.

Ares dachte nicht nach. Er folgte ihr.

Sind Sie bereit für das nächste Buch?
Moonstruck Mating

www.ingramcontent.com/pod-product-compliance
Lightning Source LLC
LaVergne TN
LVHW031610060526
838201LV00065B/4798